Qui dira la souffrance d'Aragon ?

Gérard Guégan

Qui dira la souffrance d'Aragon ?

Stock

Illustration de bande :
Eugène Delacroix, *Un lit défait* (vers 1827)
© RMN – Grand Palais (musée du Louvre) / Michèle Bellot

ISBN 978-2-234-07117-9

À la mémoire de Jean-Marc Roberts qui, en juin 1974, l'année où nous nous sommes connus, tenta de «pénétrer dans les coulisses silencieuses de la vie et de la mort» en rendant visite à Aragon.

Alors, voici l'histoire.

La leur et, parfois, la nôtre, telle que je me la rappelle.

L'histoire d'un temps, et d'un parti, où le reniement de soi était souvent le prix à payer pour échapper à l'exclusion.

Lundi 1er septembre 1952

Queneau : Je voudrais savoir ce qu'Aragon
pense de la pédérastie ?
Aragon : Je répondrai plus tard.

(« Recherches sur la sexualité,
soirée du 31 janvier 1928 »,
La Révolution surréaliste, n° 11)

1

Aragon sait exactement où ils vont.

Mahé aussi. Même s'il feint de se laisser guider dans le dédale des rues faiblement éclairées du deuxième arrondissement.

Mahé ment comme il respire, mais il ne ment pas pour le plaisir de mentir, il ment pour se protéger.

Ça ne date pas d'hier, ça remonte à l'enfance.

Condamnée par la fuite de son époux volage à retourner s'enterrer dans une petite ville de province, sa mère, une catholique fervente, l'avait traité à l'égal d'un héritier du Malin. S'attachant à ne jamais relâcher sa surveillance, elle alla, dans les débuts de sa puberté, jusqu'à le réveiller au milieu de la nuit pour l'interroger sur ses rêves. Une telle tyrannie aurait dû écraser le jeune garçon s'il n'avait choisi de tromper son monde en jonglant avec les artifices. Il s'y était rapidement montré de première force. Les rares fois où sa mère l'avait pris en faute, il était parvenu à arracher son pardon en mimant avec talent les mauvais fils repentants, une comédie d'autant plus crédible que la soutenait l'incontestable réalité de ses succès scolaires. C'est du reste grâce à cette accumulation de prix d'excellence qu'il avait pu en septembre 1939 entrer en classe de philo avec un an d'avance dans un grand lycée parisien et s'affranchir du même coup de la tutelle maternelle en endossant la blouse grise des internes. Le trimestre suivant, dans son envie de sceller son destin d'irréconciliable, il n'avait pas trouvé mieux que d'adhérer au Parti communiste, alors interdit pour n'avoir pas rejeté le pacte germano-soviétique.

Sous l'Occupation, sa maîtrise des apparences, son attirance pour la dissimulation, son génie du secret le sauvèrent de l'arrestation, cependant que la confiance naïve en un voisin de palier menait au poteau d'exécution quelques-uns de ses camarades. En octobre 1947, lorsqu'il avait été enrôlé par le général Korotkhov, ses faits d'armes, qui n'étaient pas de la petite bière, avaient moins compté que sa nature en miroir.

Mahé venait alors d'avoir vingt-trois ans, il en a vingt-huit aujourd'hui quoiqu'il en paraisse moins. Quant à sa réputation d'incernable, elle a fait plus que se maintenir, elle s'est accrue.

Sachant cela, doit-on en déduire qu'au volant de cette traction avant Citroën, une 11 légère de couleur noire, Mahé s'acquitte d'une mission ?

Comme, par exemple, l'une de ces opérations de pénétration et de détection dont il est un spécialiste.

Mais détection de qui ? Et de quoi ?

Allons, allons, un peu de sérieux !

Bien sûr qu'il n'est pas en mission.

Ce soir, il ne ment que pour son bénéfice.

Ce soir, c'est fête.

Dans le restaurant des Halles où il avait suivi Aragon, ravi de pouvoir offrir à son invité le spectacle d'un maître d'hôtel s'empressant de les conduire vers une table de quatre à l'abri des regards de la clientèle, Mahé s'était vite laissé gagner par une atmosphère à laquelle il n'était pas habitué. Et il avait de bon cœur abandonné à son aîné le monopole de la parole.

Pas une fois il n'avait pris en mal son déluge de sous-entendus contre des intellectuels que leur parti courtisait. Il ne les avait pas non plus approuvés, sinon d'un hochement de tête ou d'un mouvement de lèvres, des mines destinées à faire croire au dénigreur qu'ils étaient de mèche, bien qu'au fond de lui Mahé doutât d'avoir été cru.

Il avait beau n'avoir jamais rencontré Aragon, du moins en tête à tête, il avait le sentiment de le connaître depuis toujours.

C'était un jeu.

Mais un jeu dangereux.

Un jeu que lui, Mahé, s'était décidé à poursuivre quelle qu'en fût l'issue, d'où, une fois qu'ils furent sortis de table, son consentement immédiat à la suggestion d'Aragon de le voiturer jusque devant le domicile de son ami de jeunesse, le gardien de cet ineffaçable passé, celui-là même dont ils avaient si longuement débattu après qu'avait été prononcé le nom d'une amazone trop tôt disparue.

Étrangement, Mahé n'avait pas tenu compte du fait que l'ami de jeunesse d'Aragon appartenait depuis une vingtaine d'années au camp ennemi.

Aussi les lecteurs, qui ont vécu l'expérience communiste dans sa version occulte, s'étonneront-ils qu'en s'accordant avec la proposition d'Aragon, Mahé ne se soit pas davantage soucié de la réaction des superviseurs chargés, même à distance, de contrôler ses mouvements selon une règle issue, disait-on, de l'ordre jésuite, et à laquelle le moine-soldat qu'il se flatte d'être s'est toujours plié.

Le comportement de Mahé ne regagne en vraisemblance que si l'on admet l'analogie, voire la parenté, ayant existé entre un bolchevik et un chrétien. L'un comme l'autre étaient des croyants qui avaient le choix entre rester sourds à l'appel de la chair et enchaîner les dépressions ou commettre le péché de luxure et s'en repentir par l'autoflagellation. Tel Mahé chez qui le dogme n'avait pas

16

réussi à régler tous les mouvements du cœur, et qui n'en était pas à son premier écart. Non que ça lui arrivât fréquemment, mais quand son désir s'éveillait, il ne calculait plus. Sitôt qu'au hasard des rencontres il devinait une attente similaire, et il l'avait devinée chez Aragon, il agissait sans grand souci de la prudence.

En de pareils moments, lui qui, à Moscou, personnifiait auprès de ses supérieurs la discipline et la circonspection, il se répétait les mots de Marc, la dernière nuit où ils s'étaient aimés : « Que sait-il de la vie celui qui n'a pas ouvert la porte au fond du jardin ? »

Il reste qu'en s'approchant du but – nous sommes revenus dans la traction avant – Mahé ressent une vague anxiété.

Et si son intuition n'avait pas été la bonne ? Et s'il essuyait un refus, comment s'en débrouillerait-il ? Aragon serait l'un de ces témoins gênants qu'il est impossible de chasser d'un claquement de doigts.

« Me serais-je piégé ? » se dit-il tandis qu'il dépasse, carrefour de Châteaudun, l'immeuble du Parti où, dès sa descente d'avion, samedi, il était allé déposer le courrier adressé à Duclos et à Lecœur. Et où, depuis 20 heures, aujourd'hui, si la Commission centrale de contrôle politique a suivi le plan de Thorez et de ses conseillers soviétiques, le colonel Tillon, le premier de ses chefs, celui pour qui Mahé aurait donné sa vie sous l'Occupation, doit être en train de répondre à ses accusateurs.

Un taxi vient de le klaxonner, merde, il roulait un peu trop à gauche, Mahé se ressaisit et sourit à Aragon qui réagit en lui confiant sur un ton badin qu'il a vécu plus d'une vie dans ce quartier et qu'il y a autant de fois agonisé, « et donc, mon petit, épargne-nous les accrochages de Monsieur Tout-le-Monde ».

Un oracle n'aurait pas mieux parlé.

Mahé se détend en un clin d'œil et reprend son nom de l'ombre, Tristan, qu'il s'est dit fier d'avoir porté quand Aragon, là-bas, au restaurant, rue de l'Arbre-Sec, a évoqué l'année 1941.

De nouveau, il n'est plus le camarade Hervé Mahé. Il n'est plus l'émissaire spécial du Kominform. Il n'est plus le *missus dominicus* de Maurice Thorez, secrétaire général du Parti communiste, « l'homme de France que nous aimons le plus » si l'on se fie aux slogans dont les militants du PCF recouvrent les murs des villes, un dieu vivant que le « génial Staline, l'homme que nous aimons le plus au monde », à chacun son territoire et sa couronne, s'obstine depuis bientôt deux longues années à garder prisonnier dans une station balnéaire de la mer Noire, sous le prétexte d'un meilleur suivi médical.

Tout va bien.
Mahé est prêt.
Aragon ne l'a-t-il pas appelé « mon petit » ?

La partie n'est pas finie.

Il n'y aura, cette fois, que des gagnants, c'est certain.

En dépit de leur différence d'âge, Aragon et son chauffeur sont quasi identiques.

Tous deux s'avancent masqués.

Tandis qu'Aragon déclame et ordonne, Mahé se satisfait de jouer les ignorants en exécutant à la lettre les conseils censés lui éviter de se perdre.

Les apparences sont sauves.

Or Mahé ne pourrait pas se perdre dans cette ville. Elle est la sienne.

Elle l'est par le sang versé.

Par les sacrifices consentis, les amitiés assassinées, les amours mutilées.

La mort n'aurait d'ailleurs pas dû l'épargner si Marc, le seul à qui il s'était ouvert de ses secrets, l'avait trahi, mais son amant n'avait donné aucun nom, et Mahé l'avait vengé avec excès tandis que les cloches de Notre-Dame célébraient la victoire des survivants et que le *Chant des partisans* courait de bouche en bouche.

Ç'avait été le temps des cruautés joyeuses, des cruautés nécessaires, le temps de ce poème qu'il se récite là-bas à Moscou dans ses moments de nostalgie :

« Mais voici se lever le soleil des conscrits
La valse des vingt ans tourne à travers Paris »

Pourquoi, alors, affecte-t-il de se laisser mener par le bout du nez ?

Lui poserait-on la question que Mahé répondrait (mais peut-être pas, puisqu'il ment) qu'en cette nuit de septembre 1952, il désire qu'Aragon se pense en tout point son mentor.

2

« Tourne à droite. Nous y sommes. Ralentis !
C'est à cinquante mètres, même pas. Tu es sourd,
mon petit ? Freine, te dis-je », s'écrie Aragon lorsqu'ils émergent de la rue Fontaine, mais Mahé ne
l'écoute pas, il ne freine pas, il continue de rouler.

« Mesure de sécurité, dit-il l'œil sur le rétrovi-
seur, j'ai le sentiment qu'on a de la compagnie...
Autant sortir par la place Pigalle, faire un crochet
par les Abbesses avant de revenir se garer là où tu
le souhaites. »

À ces mots, Aragon, visage rembruni, bouche
dédaigneuse, se redresse. Les périls l'ont toujours
stimulé, il n'a pas eu ses deux croix de guerre en
torchant le cul des muses.

Le voici qui regarde vers l'arrière et essaie
d'apercevoir le véhicule suspect parmi le flot de
phares jaunâtres.

En pure perte.

Tout se fond, tout se mélange, tout fait masse. Pour lui, mais pas pour Mahé qui a repéré depuis le métro Le Peletier une Hotchkiss ne ralentissant et n'accélérant que lorsque lui-même ralentissait et accélérait.

Il va la semer, se promet-il, sa flânerie ne doit avoir aucun témoin, personne ne lui gâchera sa nuit.

À la hauteur de la rue Frochot, il rétrograde et fait mine de vouloir se ranger en double file avant de repartir et d'amorcer à trente à l'heure le tour de la place. Bien joué, l'Hotchkiss s'est volatilisée après s'être engagée sur le boulevard de Rochechouart.

« Fin de l'alerte. »

Aragon grommelle : « De toi à moi, je ne vois pas pourquoi ils me suivraient.

– Ce n'est pas toi, mais moi qu'ils auraient pu filer, je ne débarque tout de même pas du Plessis-Robinson », répond Mahé tout en se garant entre la camionnette cabossée d'un plombier zingueur et un autocar de tourisme immatriculé en Belgique.

« C'est cet immeuble, c'est cette fenêtre ! » crie alors Aragon qui pointe du doigt une baie vitrée, aussi éblouissante que si elle était éclairée par une rampe de sunlights – hélas pour lui, il se trompe, celui dont il espère voir apparaître la silhouette au troisième étage a déménagé voilà quatre ans au deuxième.

Mahé allume une cigarette.

Il le fait à l'aide d'un briquet à amadou auquel il voue malgré son fonctionnement capricieux un attachement que ne comprennent ni les superviseurs du Kominform ni leurs affidés français – quand on se risque à lui en réclamer la raison, il répond que cette pièce de musée lui a été léguée par son grand-père, un mutin de la mer Noire mort de la tuberculose. Faux et vrai à la fois, le grand-père du côté paternel a existé et il s'est bien insurgé contre la poursuite de la guerre en novembre 1918, mais le legs est une fable.

Nul ne saura avant qu'il soit longtemps que le briquet avait appartenu à Marc, son compagnon de toutes les clandestinités, un péguyste de dix-huit ans passé aux Rouges, que la Milice avait arrêté avant de le remettre le 22 août 1944 aux SS du palais du Luxembourg, lesquels l'avaient torturé et fusillé le matin du 25 près du grand bassin.

Tout en tirant sur sa cigarette, Mahé se fait l'impression d'être un oiseau captif aux côtés d'Aragon qui, le nez collé à sa vitre, s'absorbe dans la contemplation de la mauvaise fenêtre.

Si Mahé le détrompait, il lèverait un coin du voile, mais pour le moment il se l'interdit.

Sur le terre-plein, une femme sans âge suçotant un fume-cigarette en ivoire promène un horrible toutou. Elle est en bigoudis et en robe de chambre à fleurs, les pieds chaussés de mules roses à talons hauts.

Elle a tout de la mère maquerelle mais, à cette heure-ci, ce doit plutôt être une concierge, une de ces salopes qui nous dénoncent aux flicards, se raconte Mahé sans y accorder plus d'importance, adouci qu'il est par la fumée douceâtre de sa Chesterfield, un plaisir inconnu à Moscou.

Et, l'esprit en paix, il se laisse aller et ferme les yeux.

Mais ça ne dure pas. L'instant d'après, il les a rouverts.

Il s'est senti observé.

Et c'est exact.

Il n'en est ni surpris ni fâché, et même il bouge légèrement la tête pour ne plus se dérober à la curiosité d'Aragon.

Ils se dévisagent sans manifester quoi que ce soit.

Seraient-ils sur la défensive ?

Mais non, cela se verrait.

Aragon, le premier, se décide à rompre le silence : « Tu ne peux pas savoir à quel point ça me fait drôle de me retrouver à cet endroit devant lequel (il marque un temps d'arrêt) je ne suis plus repassé depuis une éternité… depuis, non, n'exagérons pas, depuis la fin des années trente, ce qui est déjà considérable. »

Disant cela, il n'imagine pas que Mahé a pu avoir accès à un bon millier de documents sur sa personne, sur son couple, et sur quelques-unes de ses relations, les plus récentes comme les plus anciennes, si bien que même le changement d'étage d'André Breton, le locataire d'en face, figure sur l'un des rapports établi à partir des confidences d'un marchand de tableaux, anticommuniste notoire, que le service des cadres de Lecœur a retourné depuis qu'il s'est compromis dans une sale histoire de ballets roses.

« Tu l'aimais ? » interroge Mahé non sans une familiarité qui va au-delà de leur tutoiement de parti.

La réponse d'Aragon est fulgurante : « Bien sûr que je l'ai aimé ! Nous avons été, je ne l'oublierai jamais, l'envers et l'endroit d'un même principe… D'un même rêve. Et presque d'un même corps. »

Ces mots-là n'ont *a priori* rien pour surprendre Mahé, le marchand de tableaux et d'autres mouchards les ont couchés par écrit, mais les entendre dans la bouche d'un homme affrontant le soleil noir de la mélancolie a changé la donne du tout au tout.

La musique du pathétique les a soudainement sublimés.

Mahé en pleurerait s'il était dans la lumière, et non dans la pénombre.

Au lieu de cela, il achève de pivoter sur lui-même et, persistant à jouer les innocents, il avoue comme humblement vouloir entrer dans la confidence :

« Qu'est-ce qui vous a séparés ?

– Vois-tu, les principes s'usent, les rêves se décomposent, les corps se repoussent. Et il est arrivé un moment où je ne l'ai plus supporté. Breton était dans la pose, il jouait à l'artiste, le contraire de l'avenir que nous nous étions tracé autrefois au Val-de-Grâce – c'est là que, lui et moi, nous nous sommes connus en 1917. Et c'est dans cet hôpital que nous avons appris à réciter à l'unisson notre *Maldoror* : "Distinguez-vous, sur mon front, cette pâle couronne…" Dis, Lautréamont, tu l'as lu ? Ça t'a plu ? S'il te plaît, mon petit, ne romps pas le charme. »

Mahé hoche par deux fois la tête, une manière de montrer à Aragon qu'il acquiesce à tout.

Lautréamont, il l'a lu, cette blague, et il a aussi lu Vaché et même Rigaut.

On lisait beaucoup sous l'Occupation, en particulier quand l'un de vos surveillants d'internat publiait des poèmes dans *La Main à plume*, le dernier bastion des surréalistes.

Aragon jubile.

Comme il a eu raison de s'en remettre à son intuition !

Mahé est des siens.

Doit-il le lui faire sentir ?

Surtout pas, ce serait verser dans le superflu. Ces choses-là n'ont pas besoin d'être écrites en lettres bâton.

Aussi se contente-t-il, lui aussi, d'une approbation muette en saluant Mahé des deux doigts façon voyou du temps jadis, puis il reprend : « Tu comprends, les années filant, moi j'ai voulu me salir les mains, les plonger dans le sang, dans la merde, dans n'importe quoi qui soulevât le cœur de cette bourgeoisie que nous avions trop souvent dénoncée sur papier glacé sans lui porter l'estocade. Je désirais en finir avec les mots. *Words, words, words !* N'est-ce pas ?... Pour tout te dire, j'ai même, une nuit, envisagé de tuer mon ami Breton en le poussant sous un autobus, place de la Concorde. C'était, je revois la scène, en revenant de Kharkov. »

Descendant sa vitre, Mahé jette dans le caniveau ce qui reste de sa cigarette.

Une telle confidence m'oblige à lui faire écho, se dit-il en allumant une autre Chesterfield.

Il faut que je parle, sinon Aragon regrettera de s'être épanché.

Eh bien, soit, poussons-le dans ses retranchements.

« Tu l'aimes toujours ? fait-il d'une voix soyeuse.

– Je l'aimerai toujours et, à rebours, je me détesterai toujours autant. Comprenne qui pourra. Tu sais, mon petit, on ne devrait jamais couper le cordon... le trait d'union, si tu préfères, ce fil d'Ariane qui nous lie à notre jeunesse. Qui nous lie à l'impossible. Le seul impossible qui aura jamais compté : la traversée des apparences... Mince, il a éteint ! Ah, oui, c'est vrai, Breton a toujours aimé se coucher tôt... Bon, mais toi, maintenant, si tu me disais qui tu es, je veux dire qui tu es pour de vrai, non pas ce que tu fais, mais ce que tu penses. Et, tiens, que penses-tu d'un vieil homme qui force son cadet à l'accompagner jusqu'ici ? Un cadet qui connaît Paris comme sa poche. Et qui a lu Lautréamont. Non, ne réponds pas tout de suite, ne mens plus. Attends ! Sortons de la voiture et allons boire un dernier verre en face, au tabac, celui qui fait le coin avec la rue Lepic. Sans compter qu'il faut que je pisse... C'est ça, vieillir. La prostate commence à se rappeler à ton bon souvenir. Eh oui, dans un mois, j'aurai cinquante-cinq ans. Ce n'est pas rien, surtout quand on s'est tapé deux guerres... Mais je t'avertis, ce tabac est un bar à putes. Tu devrais adorer. À moins que tu sois l'un de ces puritains pour qui le Parti fait office de patronage. Mais non, je dis n'importe quoi, tu n'en as pas la gueule, mon petit ! »

Après avoir bloqué de l'intérieur l'ouverture des autres portières, Mahé ferme la sienne à clé. Il desserre son nœud de cravate et respire à pleins poumons.

Il se sent revivre. La douceur de l'air le transporte.

Ah ! Paris !

L'été s'y accroche encore, comme en septembre 1941 l'après-midi où, à la terrasse d'un café de la toute proche avenue Trudaine, il avait organisé la

première réunion du cercle de la Jeunesse communiste du lycée Rollin.

Il faisait chaud ce jour-là.

Très chaud.

Tous les garçons étaient en short et en chemi-
sette, mais Mahé avait été le seul à s'émouvoir des
regards appuyés du bel officier allemand, assis à
deux tables de la leur, qui n'avait cessé de loucher
sur les jambes nues de cette troupe d'adolescents.

Non, mais des fois ! le camarade Aragon aurait
pu m'attendre.

À longues enjambées, Mahé rattrape son aîné
qui, le plus naturellement du monde, le prend par
le bras et lui dit en poussant la porte vitrée du
tabac : « Tu sais quoi, mon petit ? En dehors du
comité central, lorsque nous serons seuls, appelle-
moi simplement Gérard... Allons, presse, je suis
impatient. »

Gérard !

Je rêve ?

Gérard, mais Aragon ne l'a été que durant la
guerre quand il s'occupait en zone sud de ras-
sembler pour le Parti les intellectuels résistants...
Gérard, c'est la clandestinité, le travail illégal, la
guerre de partisans.

Est-ce à dire qu'il veut se battre ? Qu'on va se
battre ? Parfait, mais contre qui ?

Voilà qui promet, se dit Mahé, n'hésitons plus.

3

Mais, sitôt qu'ils ont franchi le seuil du tabac, Mahé se détache d'Aragon.

Un renard ne réagirait pas différemment en face d'un piège.

Si Mahé suivait son instinct, il fuirait.

Trop de bruit, trop de monde, trop de tout ce qu'il faut craindre à cette heure de la nuit où la police, de la Mondaine aux Renseignements généraux, entame sa tournée des comptoirs en quête d'informations. Or Aragon n'est pas un noctambule anonyme. Les journaux, *France-Soir* le premier, publient souvent sa photo.

Dans ce bistrot, vu le nombre de gominés qui se pressent au comptoir, les indics doivent pulluler. Et ce serait bien le diable si l'un d'entre eux, après avoir identifié le poète, ne remarquait pas à ses côtés la présence d'un homme plutôt jeune. Et s'il ne parvenait pas, pour peu qu'il fût observateur, à en fournir un portrait ressemblant à son inspecteur.

Décidément, ce soir, Mahé, tu ne respectes plus aucune règle de sécurité.

Même la plus ancienne, celle que t'avait enseignée Fabien, ton instructeur, pendant que vous vous faisiez passer, voilà douze ans, pour des promeneurs le long des quais de la Seine : « Jamais de rendez-vous dans un café, dans un restaurant, jamais dans un lieu où la clientèle ne cesse de se renouveler sinon, à force de voir défiler des visages nouveaux, ta vigilance s'émoussera, camarade. »

D'où la subite proposition de Mahé à Aragon : « On boit un verre au comptoir, et ensuite, si tu veux bien, je te dépose rue de La Sourdière, pardon, mais il faut être sérieux, demain matin je démarre très tôt, et il se fait tard, et de chez toi à Aubervilliers, ça fait une trotte. Et puis Elsa va s'inquiéter, non ? »

À peine a-t-il dit ce qu'il n'aurait jamais voulu dire qu'il se sent ridicule.

Ridicule et mortifié.

Ce sont des mots dignes d'un figurant, pas d'un premier rôle.

Pas les mots qu'un Gérard est en droit d'entendre dans la bouche d'un complice. Car c'est bien cela qui est en train de se nouer entre Mahé et Aragon, une déroutante complicité que ni l'un ni l'autre n'auraient pu espérer en ouvrant les yeux ce matin.

« Hein, quoi, qu'est-ce que tu racontes ? À ton âge, on a tout le temps de dormir. Imite-moi, trois, quatre heures par nuit suffisent. Du nerf, mon garçon ! De l'autre côté de la paroi vitrée, il y a une arrière-salle plus tranquille où ces dames viennent s'éponger l'âme et la chagatte... Au fait, camarade commissaire, Elsa est à Bucarest jusqu'à vendredi. »

Mahé proteste pour la forme.

Il n'a jamais été commissaire politique, il n'est qu'un commissionnaire, dit-il.

C'est une plaisanterie.

Son titre exact est autrement effrayant.

Qu'importe, Aragon ne l'a pas écouté, il a filé aux toilettes en saluant au passage les quelques putains attablées devant leurs pastis.

Commissionnaire !

Quel idiot je fais !

Merde, reprends-toi, Mahé, parle et agis selon ton cœur.

Tu as fait un pas de côté. Assume-le. Brûle ta vie, une fois de plus.

Ne perds pas la main.

Elsa n'est pas là, la porte s'entrouvre.

Là-dessus, un sosie de Fernandel, portant la veste blanche du loufiat, lui demande d'une voix fatiguée ce qu'ils boivent.

« Le même poison que ces dames, du pastis ! » tranche Aragon qui resurgit et s'assied à la gauche de Mahé à qui il explique, séance tenante, que sa patrie, c'est le Sud méditerranéen, le Var, les calanques, les pinèdes, et que l'odeur de l'anis, mon grand, me replonge dans ce que j'ai connu de meilleur en cinquante années d'existence – tiens, il a changé, constate Mahé, dans la voiture c'était « mon petit », et maintenant c'est « mon grand ». Prendrait-il ses distances, me flatterait-il, ou m'attribuerait-il un rôle en rapport avec ce qu'il aurait vécu dans ce Sud méditerranéen, et que les camarades de la section des cadres auraient loupé ?…

Mais j'y pense, comment appelait-il Michel, son amant de Villeneuve-lès-Avignon en 1942 ?

N'était-ce pas « mon chéri » ?

Mahé se trompe.

Pas sur le « mon chéri ».

Aragon raffole de ce terme d'affection. Même Breton y a eu droit, et à plus d'une reprise, du temps où ils ne se quittaient pas.

Mahé se trompe sur le sens de l'allusion.

Le Sud du pastis rappelle à Aragon ses vacances chez les Toucas, dans le Var, entre une mère qui se faisait passer pour sa demi-sœur et une grand-mère qui prétendait l'avoir adopté.

Dans les jours suivants, quand ils auront couché ensemble, et que Mahé lui aura raconté sa propre enfance dominée par sa mère en l'absence d'un

33

père disparu et jamais revu, Aragon se déclarera convaincu, les astres ne mentant pas, qu'ils étaient destinés à se rencontrer.

De quoi mettre Mahé mal à l'aise.

« S'aimer, maugréera-t-il, n'implique pas que toi et moi tombions dans la loufoquerie astrologique.

– Assurément, mon chéri. Reconnais-moi cependant le droit de me penser un protégé du zodiaque quand tu me déshabilles. Serait-ce pour rire... »

De l'une des tables en face de la leur, une fausse blonde s'adresse à Aragon.

Manquait plus que ça, s'assombrit Mahé en la regardant.

Pauvre fille, elle n'a pas lésiné sur les fanfreluches et la joncaille.

« Tu es de sortie avec ton grand fils ?... Il est appétissant, le gamin.

– Toi aussi, tu l'es, ma toute belle, répond Aragon, quel couple d'enfer vous feriez.

– S'il est bien monté, je ne dis pas non. J'ai envie d'un mec, d'un vrai, pas de l'un de ces touristes qui bandent mou. »

Aragon éclate de rire.

« Eh bien, fiston, dit-il, tu as entendu madame, qu'attends-tu ? S'il te faut de l'argent, j'en ai. »

Le fiston rougissant ne peut que chuchoter sa surprise à l'oreille de son dépensier de père : « Dis-moi, n'as-tu pas exigé de moi une confession ?

N'est-on pas entrés dans ce tabac pour se parler à cœur ouvert ? »

D'un geste de la main, façon couperet qui s'abat, Aragon écarte les questions de Mahé. Puis il prononce une phrase énigmatique : « Serions-nous des hommes qui ont besoin de se confesser ? »

Et il ajoute, encore plus énigmatique : « Toi, Elsa va t'aimer. »

Mahé est décontenancé.

Il a reconnu la peur.

De la part d'Aragon, ça l'étonne.

Il le sait docile dans le Parti, il l'était déjà dans le groupe surréaliste, mais quand il est livré à lui-même il ne déteste pas l'esclandre, au contraire d'un Thorez ou d'un Breton.

Tout d'un coup, Mahé entrevoit la vérité.

Aragon me désire mais ne veut pas conclure, et c'est pour m'associer à sa reculade qu'il s'est dit convaincu qu'Elsa m'aimera.

Il me confond avec qui ?

Je veux bien renoncer et souffrir, j'y suis accoutumé, mais je ne l'aiderai pas à se protéger.

Mahé a envie de se lever et de dire « Montons ! » à la pute.

Il devrait le faire. Son rôle le lui impose.

Il ne s'y refuse que parce qu'il ressent pour Aragon une tendresse qu'il ne saurait effacer par une sortie théâtrale.

Il se tait.

Ils se taisent.

En face d'eux, les filles parlent, parlent.

Au bout d'un moment, Aragon bouge sa main et la pose sur celle de Mahé qui le laisse faire. Aucune caresse, juste un contact. Comme un aveugle qui cherche par le toucher à mettre un nom sur quelque chose. C'est très court. Bien moins d'une dizaine de secondes.

Ça n'échappe pourtant pas à la fausse blonde.

« Père et fils, mon œil ! se marre-t-elle. C'est la jaquette flottante qui s'encanaille, pas vrai, les loulous ? »

Le seul à en rire est Aragon, comme de bien entendu.

Mahé se borne à hausser les épaules. Il n'a jamais aimé les putains, femmes ou hommes. Le plaisir qui s'achète le débecte. Il est pour les conquêtes hasardeuses, pas pour les redditions monnayées.

Il se lève et appelle le garçon.

Celui-ci arrive en traînant les pieds, mais Aragon empêche Mahé de payer et jette sur la table plusieurs billets de cent francs.

« Pour nous et pour ces dames », dit-il.

4

Aragon sort le premier du tabac.

Mahé s'est arrêté devant le guichet de la bura-
liste pour acheter une cartouche de Chesterfield et,
comme il y a du monde devant lui, il patiente tout
en remâchant sa déception.

Lorsqu'il débouche à son tour sur le boulevard,
il surprend Aragon en grande conversation avec
deux inconnus qui lui paraissent de prime abord
avoir le même âge que lui.

Il choisit de se tenir en retrait, ne souhaitant pas
leur être présenté. Aragon semble l'avoir compris
qui ne l'invite pas à les rejoindre.

Les inconnus parlent fort.

Manifestement ils ont bu.

De là où Mahé se trouve, il entend malgré tout
celui des deux qui a une tête d'enfant de chœur
dire à Aragon : « Mon cher maître, savez-vous qui

s'occupe de ma santé ? Savez-vous qui vient me prendre la tension jusque dans mon bureau ?… Non ? Eh bien, c'est l'excellent Dr Destouches, notre… votre horrible Céline. »

Les pétarades d'un deux-roues ne permettent pas à Mahé de saisir la réponse d'Aragon. Elle a dû être drôle puisque ses interlocuteurs affichent des mines réjouies.

Qui sont-ils pour connaître Aragon et se vanter de fréquenter Céline ?

Des écrivains sans doute, pas des journalistes.

En voici d'ailleurs un, Céline, qu'Elsa avait jugé à son goût au point qu'elle avait traduit en russe son *Voyage*, se souvient Mahé, lui qui avait tenté en avril 1944 de persuader Fabien, puis ses camarades de la Main-d'Œuvre immigrée, qu'il fallait abattre Céline, le mangeur de Juifs.

« Tu rêves ?… Allons, pressons ! J'aime bien, et même j'aime énormément Nimier, le plus beau des deux, mais Blondin, qui a un foutu talent, est collant quand il a un verre dans le nez ! Et je dis "un" par charité… »

Cette fois, pour rejoindre la voiture, Aragon s'abstient de lui prendre le bras.

Mahé préfère.

Depuis que la putain les a démasqués, il lui tarde d'être seul. Il n'éprouve ni honte ni gêne, mais il en veut à Aragon d'avoir triché.

La traction avant roule maintenant vers le sud, en direction du quartier Saint-Honoré.

Personne ne parle.

Chacun est dans ses pensées.

Mahé essaie de se rappeler les termes précis de l'ultime recommandation de Korotkhov, le jour où il lui avait confié sa première mission. Ce devait être une phrase du genre : « Il est des voyageurs bêtement imprudents qui n'ont jamais connu le bout de la nuit. »

Aragon, lui aussi, paraît absent.

Blotti contre la vitre, le regard fixé sur l'extérieur, il ne souffle mot.

Ç'aurait pu être une belle histoire, se dit-il comme ils traversent la place de l'Opéra, ça ne sera qu'un gâchis de plus.

C'est mot pour mot ce que pense Mahé quand il s'arrête devant le 18 de la rue de La Sourdière.

« Salut, camarade ! » murmure Aragon en s'extrayant de la traction, mais au lieu de refermer la portière il se penche et offre à Mahé le visage de la tristesse : « Il existe deux sortes d'Aragon, mon petit. Ce soir, sois-en convaincu, j'ai été celui qui pensait ce qu'il disait... Tu rentres à Aubervilliers ? Oui, évidemment... Encore un point à préciser, un point que nous n'avons pas abordé : comment va le camarade Staline ? »

Mahé ne bronche pas. Il regarde Aragon.

Il a envie d'éclater de rire.

Il n'en fait rien, bien sûr.

Esquissant un geste de la main, il se contente de se caresser la lèvre supérieure, comme s'il cherchait quoi répondre.

Inutile.

La portière a claqué, et déjà Aragon pousse la grille qui donne sur une cour. Mahé regrette d'avoir tardé à réagir. Il aurait dû lui dire... Mais quoi ? Il ne sait plus.

Il enclenche la première et s'éloigne.

Ses yeux pétillent de joie.

« Comment va le camarade Staline ? » Et le pape, il va comment, les bras en croix ?

Allons, rien n'est perdu.

À l'approche d'Aubervilliers, avenue de Flandre, lui revient sur les lèvres un poème que lui avait appris un tout jeune camarade suédois – Mahé l'avait rebaptisé Adonis – en partance pour la Chine et que les nationalistes de Tchang Kaï-chek avaient décapité :

« Où est l'ami
que partout je cherche ?
Dès le jour naissant,
mon désir ne fait que croître.
Et quand le jour s'achève,
je ne l'ai pas trouvé... »

Au même moment, à un quart d'heure près, Aragon, qui s'est fait couler selon son habitude un bain très chaud, est en train de s'admirer dans le grand miroir droit fixé à la porte du cabinet de toilette.

La peau du ventre a certes perdu de son élasticité, et le cou se ride mais, l'un dans l'autre, je résiste plutôt bien, se félicite-t-il.

Il entre ensuite, et presque avec précipitation, dans la baignoire et se laisse couler dans cette eau parfumée au thé vert, les sels de bain préférés d'Elsa qu'il lui chipe sitôt qu'elle s'absente.

Mardi 2 septembre 1952

Breton : Dans quelle mesure Aragon considère-t-il que l'érection est nécessaire à l'accomplissement de l'acte sexuel ?

Aragon : Un certain degré d'érection est nécessaire, mais, en ce qui me concerne, je n'ai jamais que des érections incomplètes.

(« Recherches sur la sexualité,
soirée du 31 janvier 1928 »,
La Révolution surréaliste, n° 11)

1

De la fenêtre de sa chambre d'hôtel, Le Joli Mai, Mahé pourrait en se penchant voir sa proie sortir de chez lui.

Tillon ne vit pas, comme Duclos, dans un douillet Sam'suffit. Tirant sur les gris-fer, le petit pavillon que lui et les siens occupent est à l'image de ce Breton qui fut ministre du général de Gaulle : austère, incommode, pauvrement vêtu. Une apparence qui s'accorde mal avec ses fonctions. Maire d'Aubervilliers, Tillon en est aussi le député – soulignons qu'en 1952, avec leurs cinq millions de voix contre trois aux socialistes, les élus communistes sont au nombre de cent trois à l'Assemblée nationale.

Tillon siège encore au bureau politique, l'instance suprême du parti, en récompense de ses activités de résistant – il a créé en 1941 et dirigé jusqu'à la Libération les Francs-Tireurs et Partisans que tout un chacun ne désigne plus que par leur sigle, ces FTP dont Mahé a fait partie.

Et enfin Tillon est l'un des dirigeants du Mouvement de la Paix, une organisation dite de masse qui regroupe des dizaines de milliers d'adhérents.

Nous sommes à Aubervilliers, rue Sadi-Carnot, à deux pas du 120, avenue de la République, là où se dresse le pavillon que nous venons de décrire.

Et symboliquement nous sommes dans cette cité de la classe pauvre qu'un ami d'Aragon, le surréaliste Jacques Prévert, a immortalisée sept ans auparavant dans une chanson qui a fait le tour du monde : « Gentils enfants d'Aubervilliers/ Vous plongez la tête la première/ Dans les eaux grasses de la misère… »

Pierre Laval en a été le maire avant la guerre et, parmi ses nostalgiques, les commerçants du centre-ville, il se murmure que Le Joli Mai, avec ses trois étages sans ascenseur et sa vingtaine de chambres plutôt coquettes pour un établissement de second ordre, serait la propriété d'une banque soviétique.

C'est peut-être une calomnie.

Mais ce qui ne saurait l'être, c'est le lien étroit unissant la municipalité au personnel du Joli Mai. Chargés de ramasser les fiches de police que remplissent les nouveaux arrivants, les inspecteurs des garnis sont bien payés pour le savoir. Lorsqu'ils interrogent, serait-ce en les menaçant, le gérant et ses cinq employés sur le genre de clientèle que reçoit l'hôtel, ils se heurtent à un mur de silence.

En ce début de matinée, Mahé n'est pourtant pas à sa fenêtre, il est en train d'écouter Lucas lui raconter ce qui s'est dit la veille au soir carrefour de Châteaudun quand la Commission centrale de contrôle politique a exigé de Tillon un repentir en bonne et due forme pour des fautes qu'il n'avait pas commises.

Ancien radio d'un groupe FTP de la Seine-et-Marne, Lucas n'en a été le témoin que parce que, recasé voilà un an par Mahé auprès de Grandes-Oreilles, l'un des trois *revizors* du bureau politique, il s'est occupé, dans une pièce contiguë, d'enregistrer les débats sur des magnétophones prêtés par les services de sécurité de l'ambassade soviétique.

« J'en suis encore baba, non, pire que ça, j'en suis encore sur le cul, vient de s'exclamer Lucas. Je te jure que je n'en ai pas cru mes oreilles ni mes yeux d'ailleurs... Tillon, que toi et moi avons connu si stoïque dans l'adversité, eh bien, il a flanché et pas qu'une fois... Stupéfiant, non ? »

Comme s'il cédait à un mouvement d'irritation, mais ce n'est qu'une fausse impression, Mahé l'interrompt : « Flanché ! Flanché comment ? Il a donné du poing ?

— Non, dit Lucas, non, il a pleuré, tu te rends compte, et ensuite il s'est déclaré disposé à avouer

47

tout ce qu'on voulait qu'il avoue, et que, oui, il avait péché par orgueil, par négligence, par paresse même, et qu'il ne refusait pas l'autocritique puisqu'il le fallait, et qu'il se reconnaissait des carences dans certains domaines de la pensée théorique... Oh, ça n'a pas duré des heures, il a vite fini par se reprendre et alors... »

À l'inverse de Lucas qui cache mal ses sentiments bien que ce ne soit pas sans danger, Mahé affecte une attitude froide, hautaine – méprisante à peu de chose près. S'il assistait à la scène, Korotkhov serait fier de son travail. Avec Mahé, il a réussi à créer un procureur pour qui l'innocent qu'on soumet à la question est un coupable par destination.

« Alors ? répète-t-il.

– Alors, reprend Lucas d'une voix d'où toute émotion a subitement disparu, alors Tillon a laissé percer sa véritable nature... Oui, sa véritable nature. Entre autres choses, il n'a pas hésité à accuser, à salir un absent. Et quel absent ! Cachin ! le grand Cachin ! Pas croyable, hein ?... N'empêche que je peux t'assurer que Tillon a prétendu que Cachin l'avait déjà tout aussi injustement accusé sous l'Occupation... Mais il n'a pas donné de détails. Du coup, et en toute franchise, je n'ai pas compris de quoi il retournait, et je ne le comprends toujours pas. De quoi, bon sang, Tillon voulait-il parler ? Tu le sais, toi ?... Bizarre, non ? »

Tillon voulait parler de l'affiche qui fut collée fin octobre 1941 sur les murs de Paris et des grandes villes de la zone nord, la zone occupée par les Allemands.

Sur cette affiche éditée par le Parti ouvrier et paysan français, une formation collaborationniste, on pouvait lire la lettre que Marcel Cachin, l'un des fondateurs du PCF et l'un de ses dirigeants, avait adressée à Karl Bömelburg, le chef du renseignement SS à Paris :

« On m'a demandé si j'approuvais les attentats contre la vie des soldats de l'armée allemande. Je réponds que les attentats individuels se retournent contre les buts que prétendent atteindre leurs auteurs. Je ne les ai jamais préconisés ni suscités. J'en ai toujours détourné mes camarades. »

Conclusion, aux yeux de Cachin alors âgé de soixante-douze ans, le jeune Fabien, le compagnon d'armes de Mahé, ne pouvait être un bon camarade, lui qui, deux mois auparavant, le 21 août, avait abattu l'aspirant Moser de la Kriegsmarine sur le quai du métro Barbès. Quant à Tillon, le chef des FTP, il s'était lui aussi mis en dehors du Parti en couvrant Fabien, son subordonné.

Mahé n'ignore rien de la trahison de Cachin, aussi ne fait-il aucun commentaire, il dit juste :
« Ensuite ?

– Ensuite, enchaîne Lucas en se grattant la tête, mais ça s'est produit plus tard dans la soirée, juste après la pause qu'ils s'étaient accordée, juste après que Tillon fut allé pisser et se passer la tête sous l'eau. Bon, bref, lorsqu'il est revenu dans la salle, il a fait mine de s'asseoir, puis comme saisi d'une inspiration il s'est approché de Duclos et lui a lancé assez fort pour que tout le monde en profite : "Tu sais parfaitement ce que nous avons vécu ensemble dans la Résistance, les risques que nous avons pris, et c'est toi qui me fais ça ? Je te le dis, Duclos, tu es un salaud, le plus salaud de tous... Toi et les autres, vous ne me reverrez plus. Plus jamais."

– En somme, tranche Mahé, il a décidé de prendre le large. C'est une désertion, non ? »

Lucas l'approuve d'un mouvement de la tête.

« Continue », dit Mahé.

Il continue et continuera, mais plus pour longtemps.

Dans un an, Lucas déchirera sa carte de membre du Parti et se résignera à n'être plus qu'un électeur parmi les autres.

Mahé, qui en est encore à s'éviter de penser que Tillon a raison de vouloir s'effacer, mettra plus de temps, mais guère plus. Quatre petites années...

Sous le prétexte d'aller au Havre enterrer cette mère qu'il haïssait, il obtiendra, quelques semaines après l'invasion de la Hongrie par l'Armée rouge, de pouvoir rentrer au pays. Pour l'infortune de Korotkhov, d'ordinaire plus soupçonneux, sa mère, qu'il n'avait pas revue depuis l'été 41, n'était pas morte et n'habitait pas au Havre d'où, le

20 décembre 1956, il embarquera sur un cargo à destination du Chili.

Peut-être, alors, le moment est-il venu d'ôter le masque (l'un des masques) que porte le si séduisant camarade Mahé ? Ne serait-ce que pour aider la jeune génération, pour qui l'actuel Parti communiste fait figure d'inoffensive amicale, à comprendre ce qu'était, sous Staline, un permanent de haut niveau possédant plus d'un pouvoir sur les militants de base et sur la grande majorité de leurs dirigeants, un moine-soldat destiné, par conviction mais aussi contre un salaire, à se mouvoir entre la légalité et l'illégalité, et capable, en résumé, du meilleur comme du pire.

Essayons.

En URSS, l'été 1951, Mahé avait assisté de ses conseils Maurice Thorez, mais aussi Jeannette, son épouse, déchaînée contre ces deux « salopards », Marty et Tillon, qui n'avaient de cesse, à l'entendre, de lui reprocher de jouer les héroïnes alors qu'elle aurait passé toute la guerre au chaud dans une datcha de Crimée.

Mahé l'avait fait sans états d'âme, persuadé, peut-être moins qu'il s'efforce de le croire, de la nécessité d'agir de la sorte. Qu'adviendrait-il du Parti si, par malheur, Thorez, déjà diminué par son hémiplégie, se trouvait dans l'incapacité de reprendre les rênes du pouvoir, et qu'en retour les prétendants se déchirassent entre eux ?

N'oublions pas que Mahé est un serviteur de la foi. Il a pour règle qu'on ne peut pas avoir raison contre le Parti. Et, malgré l'interdit moral qui pèse sur ses épaules d'homosexuel, interdit susceptible en Russie de l'envoyer crever de faim et de froid dans un camp de rééducation, il estime que la révolution, car il s'agit bien de cette chimère, requiert qu'on lui sacrifie son être tout entier.

On ne dissimulera pas qu'en petit comité, avec ses intimes, il arrive à Mahé de s'interroger sur l'URSS, sur les ambiguïtés, mot qu'il prononce avec répugnance, de ce paradis des travailleurs où, contre la théorie de Marx, un trop grand nombre d'apparatchiks continue de prospérer aux dépens du peuple.

Dans ces conditions, doit-on voir de la duplicité dans le cœur de Mahé ?

Ce serait une explication trop facile, et les hommes de sa trempe ne sont pas gens à s'accommoder de la facilité.

Mahé est avant tout la victime de l'illusion tragique dans laquelle lui et ses pareils ont basculé de leur plein gré.

Le Parti n'est pas qu'un idéal, pas qu'une vérité immuable, pas que l'expression de la transcendance historique, le Parti est aussi une famille où la critique du père, qu'il s'appelle Staline ou Thorez, est assimilée à une trahison méritant l'exclusion, le bannissement, ou la balle dans la nuque si l'on a la malchance de vivre de l'autre côté du Rideau de fer.

Voilà pourquoi, au cœur de leurs ténèbres, Mahé et Aragon s'impatientent de vivre ce qui sera, ils le savent, une passion aussi brève qu'hasardeuse, tandis qu'avec leur consentement les gardiens du temple cloueront au pilori deux de leurs camarades.

2

Mahé ne supporte pas les cérémonies funèbres.

Il déteste les oraisons, les cris de douleur, les pleurs, les condoléances, le bruit des pelletées de terre.

Tout autre est son rapport avec les malades, les blessés, les agonisants.

Et même avec les morts.

Le 25 août 1944, quand, en fin d'après-midi, il avait découvert contre un mur du Sénat l'amoncellement des cadavres de fusillés par les SS, il n'avait laissé à personne le soin de les séparer les uns des autres, de les coucher sur l'herbe comme autant de gisants. Il y avait là une vingtaine de corps, certains horriblement torturés, et pour la plupart, bien sûr, des corps de garçons de son âge. Parmi les témoins de cette scène, personne ne broncha, personne ne parla. Tous regardèrent Mahé, le possédé couvert de larmes et de sang, poursuivant sa sinistre besogne même après avoir tenu dans ses bras le corps chéri de Marc. Aucun de ses camarades, aucun de ses supérieurs de la colonne Fabien ne parvint à l'en détacher.

À la nuit tombée, un sergent hongrois de la 2e DB, un communiste qui avait combattu sur le front de l'Èbre avec Líster, s'était approché et avait murmuré à l'oreille du résistant des mots qu'il ne pouvait pas comprendre, mais que le tankiste eut la bonté de traduire. Des mots que Mahé se rappelle à présent qu'il s'apprête à pénétrer au Père-Lachaise :

« Quelque chose meurt en nous quand un ami s'en va… »

Mais alors quelles raisons expliquent la venue de Mahé en ces lieux ?

Il y en a deux.

L'une, l'avouable, correspond à une nécessité du service qu'il assure entre Moscou et Paris. L'autre, l'inavouable, le relie à un souvenir de jeunesse tout à la fois lumineux et douloureux.

Balzac est inhumé ici.

Or c'était autour de *Sarrasine*, sa nouvelle la plus secrète, la plus éclairante, que Marc et Mahé s'étaient rejoints, d'abord dans les couloirs du lycée Henri-IV, puis au Père-Lachaise où, une nuit sans lune de l'été 1943, ils s'étaient furieusement aimés derrière le buste en bronze du créateur de Vautrin.

Mahé ne serait pourtant jamais revenu dans ce cimetière si son correspondant de l'ambassade soviétique ne lui avait dès juillet 1948 proposé de l'y rencontrer.

Avec le temps, le pli avait été pris malgré le changement de correspondant. Le nouveau, un Arménien de Tiflis, n'apprécie guère ces alignements de stèles et de caveaux, il aurait voulu Montmartre ou Passy, mais ses supérieurs l'ont ramené à la raison.

Le rendez-vous a été fixé à 11 heures 45 en face du tombeau d'Ingres.

Mahé consulte sa montre.

Il a vingt minutes devant lui, et comme la 48e division où repose Balzac est proche de la 23e, son point de rencontre, il s'arme de courage et se dirige vers le seul endroit du cimetière où il a toujours refusé que les Russes le convoquent.

Mais à la vue du buste verdâtre, et des images qu'il ressuscite, Mahé recule.

Il ne se sent pas de taille.

Au contact de Mahé, l'Arménien de l'ambassade a appris à ne plus être en retard.

Ce matin, il est même en avance.

Pitoyable ! Ce type est pitoyable.

Après avoir accepté la Chesterfield de Mahé, l'Arménien l'informe, tout en marchant, de l'arrivée

56

au Bourget dans le quart d'heure de la camarade Thorez. Mahé entend «le camarade» et sursaute.

«Quoi, Maurice rentre? fait-il en élevant la voix.

— Mais non, je parle clairement quand même, c'est sa femme qui arrive.

— À l'improviste? se récrie Mahé.

— Admets que ça va la dispenser d'être accueillie par tout votre bureau politique au garde-à-vous. Elle en a soupé de ces salamalecs m'a-t-elle confié, le mois dernier, rue de Grenelle.»

Mahé se tait et réfléchit.

Jeannette adore les tapis rouges, les bouquets de fleurs, les courbettes. Si elle y a renoncé, c'est qu'un grain de sable s'est introduit dans l'engrenage. Mais quel grain de sable? Compte tenu de ce qui s'est passé hier soir carrefour de Châteaudun, les Thorez n'ont pas à être inquiets, Duclos a dû y veiller.

Donc?

Donc, mystère.

À moins que Jeannette ait eu dans la tête de présider jeudi la séance du comité central où l'on débattra des fautes de Tillon et de Marty?

La connaissant, ce ne peut être que cela.

À Moscou, elle s'ennuie, tandis qu'à Paris elle pourra jouir de visu de la souffrance de ses ennemis.

«Ce n'est pas l'information essentielle, dit l'Arménien en écrasant son mégot, je ne me suis pas dérangé pour si peu. (Crevure! pense Mahé en le dévisageant, impassible.) Ce que j'ai reçu mission de te transmettre date d'hier midi, tu avais quitté Moscou depuis quarante-huit heures, et émane directement de notre cher camarade Staline...

– Je t'écoute.»

L'Arménien entre alors dans un long discours, parsemé de chiffres, de statistiques, de citations, et même d'une référence à un livre dont Mahé ignorait l'existence, et dont l'Arménien, lecteur médiocre au demeurant, écorche le titre, il n'en a retenu qu'un seul mot, *Protocole*. Toujours est-il que le NKVD disposerait de documents attestant qu'un vaste complot sioniste menace les institutions de l'Union soviétique et, à travers elles, la totalité des partis frères européens, et «par voie de conséquence le parti français, ton parti».

En conséquence de quoi, Mahé est chargé de faire savoir à Duclos, mais sans que sa démarche revête un caractère officiel, que «lorsque vous vous serez débarrassés de Tillon et de Marty, nous souhaiterions que vous ne fassiez monter aucun Juif au bureau politique, et surtout pas Kriegel-Valrimont».

Aussi habitué qu'il soit aux moyens les plus expéditifs, Mahé a du mal à conserver son calme.

Dans le cas des Juifs, ce sera quoi la fin?

Il l'entrevoit, elle le terrifie, il ne veut pas y croire, et pourtant rien qu'au Kominform les antisémites ne s'interdisent aucun excès de langage.

Par chance, essaie-t-il de se convaincre en quittant l'Arménien, Beria ne se prêtera pas à une telle horreur. Quoique…

Ah! vivement ce soir!

Vivement Gérard!

3

De grosses gouttes de sueur emperlent le front de Duclos. Il est tout rouge et il respire avec difficulté.

C'est à croire qu'il a couru un cent mètres.

Et c'est presque vrai.

Rue Lamartine, il y a une dizaine de minutes, lorsque Mahé est tombé sur lui, Duclos sortait d'un déjeuner copieux et arrosé (comme le sont la plupart de ses repas) et paraissait pressé de regagner le siège du Parti, de l'autre côté du carrefour. Il venait juste d'apprendre que Jeannette, après avoir atterri au Bourget, s'était rendue en taxi à Ivry sans prévenir qui que ce fût.

« Elle ne fait jamais ça, d'habitude », répétait le gros homme, plus effrayé qu'étonné, tout en essayant, mais vainement, de se presser.

Si Maurice Thorez n'avait pas été de ce monde, Mahé aurait demandé à Korotkhov de le libérer de ses obligations envers le PCF.

Le vivant chez Thorez coexiste avec l'intuitivité, l'intelligence, et aussi avec la fragilité, et l'angoisse, des défaillances que Mahé pardonne toujours.

Rien de tel chez Duclos qui ne s'intéresse qu'à lui-même. C'est un monstre d'égoïsme, comme le sont souvent les gros mangeurs qui tueraient leurs voisins de table s'ils éprouvaient encore une petite faim.

« Tu savais, toi, que Jeannette venait ? »

Mahé fait non de la tête, puis il allume une cigarette tandis que le téléphone se met à sonner.

Duclos décroche en grimaçant, l'air de dire à son vis-à-vis qu'il est bien obligé de le faire et qu'il en est désolé, etc.

« Allô, oui. Quoi ? Hein ? Ah, bon ? Il veut me voir ? Maintenant ? Tout de suite ! Bon, il peut monter. »

Puis Duclos raccroche :

« Tillon est en bas.

— Fasse le ciel qu'il ne soit pas armé.

— Ce n'est pas le moment de plaisanter, camarade.

— Tu as raison. Sur ce, je suppose que tu préfères que je vous laisse.

— S'il ne tenait qu'à moi...

— Pas de problème, je disparais.

— Une seconde, je ne voudrais pas qu'en sortant, tu le croises. Ça lui paraîtrait suspect... Bon, tu

61

vois cette porte derrière toi ? Elle donne sur une salle de bains. Rassure-toi, tu ne seras pas obligé de patienter assis sur le rebord de la baignoire, tu y trouveras un tabouret, un cendrier… et même un fond de gnôle derrière la cuvette des WC. De la bonne. De la périgourdine.

– Merci d'avance mais j'espère que vous allez faire dans l'expéditif, c'est que j'ai un rendez-vous auquel je ne peux arriver en retard. »

Tillon tape à la porte en même temps qu'il l'ouvre et que Mahé referme la sienne.

Plus tard, à Yves Le Braz, un ancien communiste de la génération hostile à la guerre d'Algérie, qui préparait un livre sur les procès politiques du PCF, Mahé affirmera ne pas avoir entendu grand-chose de ce que les deux hommes s'étaient dit ce jour-là. Sinon à la fin quand le ton était monté, et que Tillon, rendu fou de rage par la proposition de Duclos – « Accepte la réprimande, fais ton auto-critique, et tout s'arrangera » –, lui avait hurlé : « Jamais je ne ferai mon autocritique. Un jour viendra où l'on finira bien par découvrir qui se livrait à un travail fractionnel, qui trahissait. »

En fait, et Le Braz le découvrirait ensuite, Mahé lui avait menti.

Il en avait entendu davantage.

Loin de se borner à n'évoquer qu'un futur lointain, Tillon avait été des plus explicites sur le présent immédiat : « Ce courage politique dont tu me demandes de faire preuve, c'est toi qui pourrais en avoir besoin demain et après-demain lors de la réunion du comité central. Ce spectacle-là n'est plus pour moi, j'ai décidé de me retirer dans le silence. Hier, devant vous, tandis que vous m'attaquiez, j'ai regretté, au plus profond de moi, de ne pas être mort durant l'Occupation. N'importe, j'ai pour moi mon passé, ce passé que vous ne parviendrez pas à effacer. Je vais vivre avec. À vous de vivre avec le vôtre.»

Ce n'est pas Tillon que croise Mahé en ressortant du bureau de Duclos, c'est Jeannette précédée de son garde du corps et suivie de Grandes-Oreilles, jamais en retard d'adulations dès qu'un puissant se montre.

«Bonjour, toi, lui dit Jeannette en lui claquant la bise et en l'entraînant un peu à l'écart. Alors, que te semble? La pièce est écrite ou dois-je y apporter une ultime touche?»

Mahé répond que tout se déroule comme elle le désirait, mais que rien ne l'empêche d'en améliorer le rythme, si elle le juge nécessaire.

Se tournant vers Duclos et les quelques membres du comité central descendus des étages, Jeannette leur lance de cette voix un rien graveleuse qui est sa marque de fabrique: «Vous êtes gentils, hein, avec Hervé? Attention, les camarades, ne le surchargez pas de travail. Il en abat assez en Union soviétique. Laissez-le vivre sa vie! C'est qu'il doit y en avoir qui l'attendent...» Et dans un souffle, elle ajoute en levant les yeux vers Mahé : « N'est-ce pas, beau blond ? »

C'est osé, mais la femme de Maurice n'est pas bégueule. Elle parle ouvertement de ses rapports amoureux avec son époux qui en rougit de bonheur même si, pour la forme, il l'adjure de se taire.

Jeannette aime aussi faire les couples.

Et les défaire.

Quand on lui rapporte que tel ou tel a une maîtresse, ni elle ne pousse de hauts cris ni elle n'agite la menace de sanctions. Elle a une théorie. Une fois débusqués, les queutards, ce sont ses mots, font des militants dévoués, obéissants, zélés, en revanche elle ne souffre pas les invertis (en privé, elle dit : les tantouses, les chochottes).

Dans ses tête-à-tête avec Jeannette, Mahé ne cesse d'en remettre dans la virilité enjôleuse. À Moscou, souvent avec l'accord des intéressées, cadres du Parti ou épouses de ministres forcées elles-mêmes de taire leur homosexualité, il s'invente des nuits d'amour à faire saliver les Tartuffe de passage dans la capitale soviétique.

Il va de soi que la première à se féliciter des exploits imaginaires de Mahé c'est Jeannette qui se désole de n'avoir eu pour enfants que des garçons, pas la moindre fille, sinon le gendre idéal aurait été tout trouvé.

Il avait garé la traction devant la synagogue de la rue de la Victoire. Encore sous le coup des propos antisémites de l'Arménien de l'ambassade, il l'avait fait exprès.

Le genre de gaminerie qui l'égaie sur le moment mais qu'*a posteriori* il juge stupide.

Il serait temps que je me résolve à grandir, se dit-il en déverrouillant sa portière.

Mahé démarre et roule vers la rue du Louvre. Vers son destin, comme le dit cette chanson russe qu'il se met à chantonner jusqu'au moment où il aperçoit l'un des secrétaires de Duclos et se rend compte qu'il a complètement oublié de transmettre à son chef les instructions de l'ambassade.

Tu n'assures plus ? Tu cherches quoi ?

Ton billet de sortie ?

Ton ordre d'incarcération ?…

Hé, oh, ça va, du calme, ce n'est tout de même pas la mort du petit soldat.

Ça peut se rattraper.

Je n'aurai qu'à mettre ça sur le dos de Tillon, l'invité-surprise. Facile, j'en parlerai demain matin à Duclos avant que débute la réunion du comité central, et puis basta, mais je ne citerai pas le nom de Kriegel-Valrimont. Ça, non ! Un trou de mémoire, ça peut arriver à tout le monde, pas vrai ? Et si on me cherche des poux par la suite, je jurerai sur ce qu'on voudra que l'Arménien n'avait pas mentionné ce nom-là.

Allez, roulez jeunesse.

4

37, rue du Louvre, dans un bel immeuble de treize étages, propriété des familles Prouvost et Béghin avant qu'elles en soient dépossédées à la Libération, *Les Lettres françaises* occupent près d'une dizaine de bureaux au-dessus des locaux de *l'Humanité*, de *Ce soir*, dont Aragon est également l'un des deux directeurs, et de *Libération*, le journal de d'Astier de La Vigerie, le fidèle, quoique fougueux, compagnon de route.

La veille, Aragon, à qui Mahé avait fait remarquer la munificence des lieux, s'était moqué de sa réaction, la qualifiant de petite-bourgeoise. Lui, au contraire, il voyait dans ce « luxe » la démonstration que communisme ne rimait pas avec misérabilisme.

Piqué au vif, l'émissaire de Moscou, qui s'estimait avoir été mal compris, se l'était prudemment tenu pour dit. N'entre pas où tu ne peux passer la

tête, lui avait souvent répété Korotkhov durant son
année de formation.

Mahé n'a pas averti Aragon de sa visite.
Mais, si je ne suis pas attendu, peut-être suis-je
espéré ? se dit-il en sortant de l'ascenseur.
Chacun sa manière de faire.
Quand au seul rappel d'un nom son cœur bat
la chamade, Mahé est adepte du pied levé, pas du
mûrement réfléchi.
La réceptionniste, qu'il surprend en train de
lire un roman-photo, lui demande s'il a rendez-vous. Sans hésitation, il répond par l'affir-
mative. Votre nom ? poursuit-elle en tirant à elle
un registre. Ne se le rappelle-t-elle pas ? Il n'en a
pas changé depuis hier. Elle rajuste le haut de sa
robe, vérifie son décolleté. Mince, elle te fait du
rentre-dedans. Marrant ! Il lui redit son nom.
Après un coup d'œil à son registre, elle fronce les
sourcils. Le bluff n'a pas marché... Vous mettez
un accent sur le *e* de votre nom ? s'enquiert-elle
d'un ton mutin. À quoi joue-t-elle ? Arrête les
frais, cocotte ! Tu vois bien que je ne suis pas dans
ton foutu registre ?... Hein, quoi, qu'est-ce qu'elle
a dit ? Non, impossible. N'empêche que tu as bien
entendu... Elle vient pourtant de te reprocher ton
quart d'heure de retard. Elle doit se moquer de
toi, la salope... Eh bien, non...

Le problème, dit-elle en lâchant un soupir, c'est
que Louis en a profité pour recevoir André. Vous

allez devoir attendre, mais ce ne sera sans doute pas long.

« Asseyez-vous là-bas », lui conseille-t-elle en se dressant à demi pour lui désigner un fauteuil, et lui offrir, la garce, une vue plongeante sur ses seins.

Il s'assied.

Il n'y comprend plus rien.

Il était dans le registre ? C'est trop fort.

Ça le déroute.

Il ferme les yeux. Il se repasse la scène.

Il est clair qu'il n'a pas rêvé et qu'il ne rêve pas.

Doit-il en conclure qu'Aragon possède des talents cachés ?

Non seulement il pressent une visite, mais il prévoit l'heure à laquelle va se montrer celui qu'il attend.

Est-ce cela, le hasard objectif que Breton se glorifie d'avoir découvert ? Mahé a lu *Nadja*, il n'y a cru qu'à moitié, trop guindé, trop « miroir, mon beau miroir », il lui a toujours préféré *Le Paysan de Paris*, sans doute à cause de la page où Aragon s'épanche sur un python de blondeur. Marc, qui en avait appris par cœur l'une des phrases, la lui récitait en toute occasion : « Blond comme l'hystérie, blond comme le ciel, blond comme la fatigue, blond comme le baiser. »

« Eh bien, entre, mon garçon ! Nous en avons terminé, n'est-ce pas, André ? » dit Aragon depuis le seuil de son bureau.

André, c'est Wurmser, le billettiste politique de *l'Humanité* et le chroniqueur littéraire des *Lettres françaises*. Tout sourire, mais l'œil aux aguets derrière ses grosses lunettes, il tend la main à Mahé qu'Aragon n'a pas jugé nécessaire de présenter – au fil des prochains jours, Aragon ne changera pas de comportement, jamais il ne prononcera le nom de Mahé devant un tiers, et à plus forte raison après ce qui va advenir entre eux.

«Nous avions, explique Aragon à son visiteur qui a rejoint Wurmser sur un vieux canapé de cuir, une discussion sur *Jean Santeuil*. L'inédit de Proust qu'a préfacé ce vieux gredin de Maurois...»

Wurmser opine.

«L'aurais-tu lu, toi qui lis tout?»

Mahé, qui ne se rappelle pas lui avoir dit qu'il lisait tout, confirme d'un battement de paupières. Il se fait que, lors d'une précédente mission à Paris fin juillet, il a acheté *Jean Santeuil* qui venait de paraître.

Comment aurait-il pu s'en abstenir?

Il est proustien depuis ses quinze ans. Dans sa province cagote, il a même défendu *La Recherche* à coups de poing.

Du fatras d'épreuves recouvrant une table à tréteaux collée à l'un des murs de son bureau, Aragon dégage une bande de papier imprimé. C'est l'article de Wurmser sur *Santeuil* dont il se propose illico de lire un passage. «Un article, dit-il en le parcourant, promis à faire du bruit dans le Landerneau chicard du sixième arrondissement. »

Tout à coup, Mahé craint le pire.

La divergence d'opinions au terme de laquelle des amants se séparent fâchés à mort.

« Attention, je lis : "Les personnages proustiens, Proust lui-même, à force d'être asociaux, sont parfaitement dénués de cœur. Le monde réel, le monde de la souffrance, n'est pour eux qu'un inutile arrière-plan…" Alors, qu'en penses-tu ? Rien ! Peut-être en veux-tu plus ? Non. Mais, enfin, c'est vexant pour André… Serais-tu un admirateur de ces proses de pâtissier ? »

Wurmser se lève, s'excuse, la discussion s'annonce passionnante, mais il a à faire, et toujours aussi souriant il file sans réclamer son reste.

Aragon s'assied sur une chaise en face de Mahé et, alors que, il n'y a même pas une minute, il faisait concurrence à un aboyeur de foire, le voici résigné à la défaite.

Mahé en serait certainement ému s'il ne bouillait de rage.

Un lourd silence s'instaure.

Mahé sort son paquet de Chesterfield et en allume une. Puis, il se met à rafaler des mots de guerre. Il dit qu'il n'est pas dupe des intentions d'Aragon. Sa réflexion sur les proses de pâtissier dissimule son refus d'autre chose… Tu ne t'en prends à lui, continue Mahé, que pour mieux te mortifier. Mais, bordel, ose donc détailler les raisons exactes de ton soi-disant mépris. Ose donc dire ce que tu ressens réellement… Moi, en tout cas, Proust, c'est mon miroir, mon double, et même davantage, comprends-tu ?

Il a joué sa tête sur un coup de dés.
Il en est conscient.
Tant pis pour moi, tant pis pour lui.

Aragon se lève, va donner un tour de clé à la porte, puis décroche le téléphone et revient s'asseoir sur sa chaise.

Il dit : « Poursuis. »

Mahé répond : « Non. À ton tour. Explique-toi. »

Vont-ils encore se taire ? Et ruser ?

« Tu as des yeux d'un bleu comme on en voit dans les toiles de Poussin, dit Aragon.

– Nous n'en sommes plus là.

– Crois-tu ? Tu as pourtant deviné que, dans mon rejet de Proust, si souvent affiché, je cherchais en priorité à me protéger.

– Nous valons mieux que toutes ces feintes minables.

– C'est donc ça, ton programme ? À la vie, à la mort ?

– Ç'a toujours été ça !

– Soit, j'y consens. Frappe les trois coups.

– J'aimerais t'embrasser.

– Qu'attends-tu ? Ma bouche t'appartient depuis le moment où tu es entré dans ma vie. »

5

Ils ont fait plus que s'embrasser.

Cela se voit.

Cela se sent.

Encore faut-il savoir regarder, faut-il avoir du nez. Et peu savent regarder, peu ont du nez.

Témoin la réceptionniste.

Les romans-photos dont elle se repaît ne l'ont pas éclairée sur les relations humaines.

Elle qui se croit irrésistible, lorsque Mahé repart en compagnie d'Aragon et qu'il lui souhaite poliment une excellente soirée, ne voilà-t-il pas qu'elle l'invite par une mimique explicite à faire montre de plus de hardiesse à l'avenir. Ce soir, après la vaisselle, elle y repensera quand, en se déshabillant, elle regardera son mec, un petit brun qui perd ses tifs, et qui ne se glisse dans le lit qu'avec *Miroir Sprint*.

Une fois dehors, Aragon propose à Mahé d'aller à pied jusqu'à la rue des Saints-Pères, de l'autre côté de la Seine, où les attend un ami à lui. Mahé accepte, il adore marcher dans Paris.

Un autre point commun, se réjouit Aragon.

Il n'y a que sur l'itinéraire qu'ils se chamaillent, si tant est que ce ne soit pas le manège de deux hommes condamnés à se la faire au chiqué au lieu de pouvoir s'embrasser au su et au vu de tous. Et donc Mahé souhaite rallier la rive gauche par le Louvre et le pont des Arts tandis qu'Aragon est partisan d'allonger le parcours en remontant vers la Bourse et, de là, emprunter la rue de Richelieu.

C'est lui qui l'emporte.

Malgré sa modestie, cette victoire l'égaie.

Le rajeunit.

« Il y a une chose que je n'ai toujours pas comprise, dit Mahé alors qu'ils débouchent rue Réaumur, c'est comment la réceptionniste a pu trouver mon nom sur le registre des entrées, puisque nous n'avions pas rendez-vous.

– N'oublie pas que tu t'adresses à l'un des pères fondateurs du surréalisme.

– Le hasard objectif ? S'il te plaît, assez avec cette vieille lune.

– Tu as raison, abandonnons cela à Breton et à ses épigones, gogones, chantonne Aragon. Non, je voulais te rappeler l'importance de l'onirisme... Figure-toi que, la nuit dernière, j'ai rêvé que tu viendrais me voir aujourd'hui mais, dans l'ignorance de l'heure exacte, les rêves ne sont pas des indicateurs des chemins de fer, j'ai écrit ton nom à toutes les lignes du registre, pas toujours avec la bonne orthographe, mais volontairement, pour m'amuser, et pour distraire la réceptionniste à qui tu as tapé dans l'œil, je te signale.

– Tu devrais déchirer la page. N'oublie pas que ces salopards des Renseignements généraux ont du monde partout, or moins j'existe pour eux, mieux je me porte.

– Oui, oui, on fera ce qu'il faut. Dis, mon petit, en dehors de pousser les choses en noir, es-tu, quand même, heureux ? En ce moment, veux-je dire.

– Heureux est un mot que j'emploie peu sinon jamais. Mais, oui, je me sens bien. Non, correction, je me sens très bien.

– Tu parais pourtant avoir peur.

– Je n'ai qu'une peur, que nous nous rations.

– Que nous nous rations ? Impossible. À moins que... Dis-m'en plus. »

Quelques centaines de mètres plus bas, à la hauteur du 69, rue de Richelieu, Aragon marque un arrêt. Il le fait chaque fois qu'il est dans le quartier.

C'est là que Stendhal a écrit *Le Rouge et le Noir*. Mahé ne l'ignore pas.

Autrefois, du temps de Marc, les deux jeunes résistants ont fait le pèlerinage beyliste, sa partie parisienne tout du moins, Grenoble, Marseille, l'Italie leur étant interdites par la force des choses.

Mais aujourd'hui, à choisir, Mahé repartirait plutôt vers la rue du Mail où il a garé la traction avant et emmènerait Aragon passer la nuit à Fontainebleau dans l'hôtel où Oscar Wilde attendit longtemps un jeune homme du nom de Marcel Proust.

Ce n'est, hélas, qu'un rêve de plus.

Un rêve de collégien.

Aragon n'est pas le seul à rajeunir.

Devant le 69 de la rue de Richelieu, Mahé a eu de nouveau dix-sept ans.

Un peu plus tard, place du Carrousel, tandis que le soleil agonise dans une débauche d'or et de pourpre, Aragon demande soudain à Mahé ce qu'il pense de la peinture soviétique actuelle.

En un instant, les vieux réflexes se réveillent, et une pensée traverse l'esprit de Mahé : méfiance, réponds de biais.

« La peinture, en règle générale, dit-il d'une voix presque peinée, ce n'est pas mon rayon, je manque de temps pour fréquenter les musées, les expositions. Je le regrette, mais mes connaissances s'arrêtent à Rodtchenko pour la peinture russe, et encore ! »

Aragon grimace.

Il soupçonne Mahé de mentir. Et de mal mentir.

Il ne se trompe pas.

Mais comme il ne sait pas trop comment inter-préter un tel changement, il le menace plaisam-ment de la main.

C'est sa façon de lui dire : Toi, tu es train de te moquer.

Mahé se récrie : « Pense ce que tu veux, mais la peinture n'est pas mon point fort, c'est peut-être dommage mais c'est ainsi. »

Or Mahé aime, par exemple, Malevitch et Kandinsky, mais l'avouer serait, s'il venait à être trahi, aller au-devant d'ennuis sans fin, surtout quand on ment déjà sur soi à ses chefs. Il dévisage Aragon et, surpris par la fausseté de son sourire, il ferme les yeux. Quand il les rouvre, c'est comme s'ils avaient été transportés dans une gare loin-taine, chacun sur un quai différent.

Comment ça ?

Si vite ?

Mais enfin qu'est-ce qui a pu bien faire naître cette défiance ?

« Donc, dit Aragon, tu n'as pas lu dans *Les Lettres* mes papiers sur le réalisme socialiste en peinture ?

– Non, pardon, je ne lis pas tout, je ne suis pas toi. »

La peinture soviétique !

Tu parles !

Quel lecteur d'aujourd'hui ne jugerait pas Mahé fou à lier?

Voilà en effet un garçon qui vient de partager avec son amant plus d'une sensation, plus d'une émotion, qui se sent et se sait amoureux, et qui se retrouve en un clin d'œil sur la défensive, prêt à mordre, ou à se défiler, alors que la question d'Aragon, de quelque façon qu'on l'analyse, paraît aussi innocente que s'il avait demandé à son jeune compagnon : « Tu prends quoi au petit-déjeuner, café ou thé ? »

Mais Mahé est un révolutionnaire professionnel. Dans la question d'Aragon, il a subodoré une invitation à lui confier ce qu'il pensait non pas du réalisme socialiste en peinture, mais plus généralement de l'Union soviétique, et comme ils ont jusqu'ici évité d'aborder un tel sujet, il s'est imaginé être attiré dans un piège, peut-être innocent, peut-être pas.

Charles Tillon, quant à lui, n'a pas eu besoin de s'imaginer pris au piège, il l'est pour de bon, et il ne doute pas que l'équarrissage l'attend, aussi est-il en train, à la même heure, d'entasser son matériel de camping dans la remorque réservée aux vacances. Demain, à l'aube, accompagné de Raymonde, sa femme, une rescapée du camp de concentration de Ravensbrück, et de Simonnot, son garde du corps, un ancien officier FTP, il quittera Aubervilliers, direction Montjustin, un nid d'aigle situé à une vingtaine de kilomètres de Forcalquier.

De là-haut, prétendent ses rares habitants, on voit venir l'ennemi de loin.

Mais quel ennemi ?

Duclos, Lecœur ?

Le Parti ?

Comment ça ? Le parti communiste auquel il a donné sa vie !

À l'évidence, le camarade Tillon n'est pas différent de Mahé. La paranoïa lui trouble également l'esprit.

D'ailleurs, pourquoi un garde du corps ?

Hein, pourquoi ?

Qu'on se rassure, c'est simple, le commandant Simonnot ne sera du voyage que pour aider les Tillon à remettre en état leur nouveau logement, et si, un jour, il doit faire feu, ce sera contre les rats. À moins qu'un vol noir de corbeaux se montre sur la plaine. Tout est possible.

Alors, fou à lier, Mahé ? Pas si sûr. On en aura bientôt la démonstration inverse.

Et Tillon, fou à lier, lui aussi ? Absolument pas. La guerre n'est pas finie pour lui. Par chance, il a avec lui une femme qui l'aime, et un fidèle qui le porte dans son cœur. Ça vaut de l'or. On le constatera quand, enfin, Mahé consentira à nous éclairer sur le sort de Marty, l'autre supplicié.

Pour l'heure, place du Carrousel, Aragon ne comprend toujours pas.

Qu'ai-je dit qui a pu assombrir à ce point Tristan ?

Sur quoi ai-je mis le doigt par inadvertance ?

Mais, au fond, à quoi me sert de chercher ? Faisons comme si, et passons outre.

Je vois bien que le regret le ronge. Même ses beaux yeux bleus sont honteux.

Allons, c'est à moi de prononcer les mots de la réconciliation.

« Quand cesseras-tu de bouder ? Tu es le maître, et je suis ton serviteur. Quand je me tiens à tes côtés, je te sens vivre en moi… Es-tu content ? Bandes-tu ? Oui ! Sauvé ! Nous sommes sauvés ! Sur ce, partons. »

Les larmes aux yeux, Mahé s'empare de la main d'Aragon, celle avec laquelle il a fait semblant de le menacer, et la porte à ses lèvres.

En faire plus serait trop dangereux.

Fous, mais oui, finalement ils le sont.

Ils le sont tous.

La nuit est tombée.

Au bas de la rue des Saints-Pères, sur le pas de la porte d'une librairie spécialisée en livres rares, Aragon et Mahé se donnent l'accolade.

Le premier s'en va dîner chez Gaston Gallimard.

Fâché – en réalité, l'éditeur joue à l'être – que *Les Communistes* lui aient échappé, Gaston Gallimard veut publier de l'Aragon dans les meilleurs délais. Quitte à ce que ce soit la suite de *L'Homme communiste* dont le premier volume, malgré l'aide du PCF, s'est si mal vendu.

De son côté, contraint de prendre un taxi afin d'aller récupérer sa traction rue du Mail et, de là, filer chez la sœur de Marc à Saint-Germain-en-Laye, Mahé enrage de ne pouvoir lire avant plusieurs heures le livre que lui a offert Aragon, une curiosité de 1928 qu'il avait, lui a-t-il dit, signée Albert de Routisie dans l'espoir de couper à de toujours possibles poursuites judiciaires.

Mais comme, à mi-parcours, le taxi se retrouve bloqué par un camion de livraison du Bon Marché, et que ça dure, Mahé se décide à déchirer le papier noir enveloppant *Le Con d'Irène*.

Il ne le sait pas, mais l'exemplaire qu'il tient entre ses mains est l'un des cent cinquante alors imprimés. S'il passait en salle des ventes, Mahé ne pourrait pas l'acheter même en s'endettant pour vingt ans.

Aragon est généreux, il ne chipote pas sur les cadeaux qu'il fait.

Mahé ne l'est pas moins. En septembre 2011, à la veille de sa mort, il offrira *Le Con d'Irène* à Yves Le Braz pour s'excuser de lui avoir menti.

Mercredi 3 septembre 1952

Breton : Quelles sont les attitudes passion-
nelles qui vous sollicitent le plus ?
Aragon : Je suis extrêmement limité. Les
diverses attitudes me sollicitent également,
comme autant d'impossibilités. Ce que j'aime
le mieux, c'est ma pollution pendant la fellation
active de ma part.

(« Recherches sur la sexualité,
soirée du 31 janvier 1928 »,
La Révolution surréaliste, n° 11)

1

Le ciel a changé de couleur durant la nuit, le gris cendré a pris le dessus, et il bruine ce matin sur Montreuil.

Au comptoir du Gévaudan, Mahé repousse une tartine beurrée à peine entamée, puis commande un autre café filtre et déplie *l'Humanité*. Le matin, il se satisfait de peu, mais le gérant du Gévaudan, une connaissance des années noires, a tenu à lui servir de quoi bien entamer la journée.

Mahé s'est incliné, la politesse lui est une loi naturelle.

« Salut, mon camarade ! »

La tape sur l'épaule qui se termine en pression, l'accent du Nord, à cette heure-ci et à moins de trente minutes de l'ouverture du comité central, ce ne peut être que Roger.

Et c'est bien lui, Roger Pannequin, le FTP du Nord, carrure avantageuse, sourire gourmand, un copain de Lecœur qui vaut cent fois mieux que lui. Ni il n'est borné ni il n'est vaniteux. C'est un ancien instituteur de la laïque que la Résistance a transformé en cadre permanent du Parti.

« Alors, toujours sur la brèche ? interroge Roger.

– Figure-toi que j'étais sorti faire pisser le chien, et que, va savoir comment, je me suis retrouvé accoudé à ce comptoir.

– Et le chien, tu en as fait quoi ? Tu l'as rendu à Pavlov ?... T'es dur, toi, Mahé, tu pourrais au moins sourire quand je fais une blague, même mauvaise. Sur ce, venons-en, si tu veux bien, au point numéro un de l'ordre du jour : n'aurais-tu pas une cigarette russe pour moi ?

– Non, toujours pas !... Dis, Roger, est-ce que tu sais que tu es le seul à m'en réclamer ? Personne d'autre que toi ne veut en fumer.

– Écoute, comme je ne suis jamais allé en URSS, lorsque je tire sur une papirossa, je me fais l'impression d'y être, même si j'y perds un poumon.

– Tu n'es jamais allé en URSS, dis-tu. Je peux t'inscrire pour un voyage d'études si...

– Non, pas de faveur. Je n'aime pas les faveurs. (Roger baisse la voix.) Point numéro deux de l'ordre du jour, le plus important : il se murmure que Marty est dans les tracas et qu'on va en débattre aujourd'hui ou demain. Dis-moi, mon camarade, il y a du vrai là-dedans ?

– J'arrive de Moscou, Roger, je ne sais rien.

– "J'arrive de Moscou" ! Et alors ? Marty, le décoré de l'ordre de Lénine et du Drapeau rouge, depuis quand est-il un inconnu là-bas ?

– Tu veux que je te dise, Roger ? À Moscou, on ne m'a pas parlé de Marty, mais à Paris on m'a parlé de toi, et on m'a laissé entendre que tu allais être promu d'ici peu. »

Alors, ce Marty, pour finir, qui est-il ?

S'il ne mentait pas comme il vient de le faire avec son ami Pannequin, Mahé lui-même serait en peine de le dire sans s'embarquer dans de longues considérations, incompréhensibles pour le commun des mortels.

C'est pourtant simple.

Simple, mais un tant soit peu complexe, sinon l'histoire du communisme tiendrait du guide touristique.

Commençons par le simple.

Pour Hemingway, Orwell, Dos Passos, Malraux, Regler, Péret, pour les anarchistes, les trotskistes, les socialistes, et la droite toutes tendances confondues, Marty est le boucher d'Albacete. Un surnom qui lui colle à la peau depuis la guerre d'Espagne. Depuis le jour où les Russes l'ont choisi, à cause de son passé d'officier de marine, pour être l'inspecteur général des Brigades internationales nouvellement créées. Si le titre peut paraître anodin, la fonction ne l'est pas. Dans cette ville de Castille, Albacete, où vont se regrouper et s'entraîner les volontaires antifascistes de plus de cinquante pays, Marty a tout pouvoir. Et il l'exerce. Aussi se taille-t-il assez vite une réputation de chef brutal, intolérant et fanatique, d'où son surnom. Est-il mérité ? D'aucuns l'assurent, d'autres le nient, et les preuves sont rares. Les témoignages aussi, quand bien même la plupart des brigadistes se souviendraient plus tard que Marty n'avait que deux mots à la bouche : « À fusiller. »

Avec ou sans guillemets, Marty est donc le boucher d'Albacete.

Ce n'est ni infamant ni répréhensible aux yeux de la Troisième Internationale dont il a été l'un des dirigeants jusqu'à sa dissolution en mai 1943.

La répulsion qu'il inspire aux trotskistes et aux anarchistes lui vaudra par contrecoup de figurer à la droite de Staline dans la galerie des saints bolcheviques, un honneur auquel aucun autre Français n'a eu et n'aura droit.

Voilà pour le simple, penchons-nous sur le compliqué.

Une bonne réputation chez les cadres communistes est rarement exempte d'un envers moins reluisant. De sorte qu'en 1952 les responsables nationaux et départementaux du PCF reconnaissent sous le manteau que Marty est un atrabilaire dépourvu de toute intelligence – « un zéro absolu même sous le soleil d'août », aime à répéter Lecœur, qui n'est pas moins bas du front.

Avec son teint rouge brique et sa moustache en brosse, Marty a tout du scrogneugneu courtelinesque.

Image facile, grossière ? Pas du tout. La réalité ne la dément pas.

Toujours à rouspéter, à gueuler, à conspuer l'ennemi de classe, une notion assez large pour englober aussi bien le lecteur de *Paris-Turf* que l'héritier des mines de fer de Lorraine, Marty n'a d'égard pour personne sauf pour ses pairs du bureau politique. Il ne s'interdit pas pour autant de les soupçonner. Monter des dossiers à charge est une de ses marottes. Dans son délire hallucinatoire, il s'en est pris en 1940 et en 1949 à Aragon et, dès la maladie de Thorez, à Jeannette. Parfois il s'interroge sur Duclos. Mais il ne montre ses dossiers qu'à son secrétaire particulier même si, par principe, il en fait parvenir une copie aux proches de Beria, le patron des organismes de sécurité soviétiques.

Carrefour de Châteaudun, les seconds couteaux du comité central tremblent à la vue de Marty. À longueur de journée, ils essuient reproches et injures, souvent pour des riens, des trombones qui manquent sur son bureau, des traces de merde dans la cuvette des WC réservés à son auguste fessier, mais jamais aucun d'entre eux n'a songé à se plaindre.

Et de quoi d'ailleurs pourraient-ils accuser un camarade dont le Parti a fait l'incarnation du surhomme contre qui tout se ligue mais que rien n'abat ?

Condamné en 1919 à vingt ans de bagne pour avoir appelé la flotte française en mer Noire à ne pas tirer sur la Russie des soviets, n'a-t-il pas été gracié en 1921 après avoir remporté quarante-deux élections malgré son emprisonnement?

Tel est Marty que son parti a décidé d'abattre depuis le 26 mai 1952 lorsque l'un des *revizors* du bureau politique l'a interpellé en ces termes: «André, depuis combien de temps es-tu en désaccord avec le Parti?»

Et tel est le PCF le 3 septembre suivant quand Mahé et Pannequin pénètrent à l'intérieur de la mairie de Montreuil dont l'architecture, quoique financée par la droite au début des années trente, n'est pas sans évoquer celle qui a les faveurs de Staline, massive, inhospitalière, le lieu idéal pour des mises à mort.

Fort d'une cinquantaine de titulaires auxquels s'ajoutent les douze membres de la Commission de contrôle financier et une poignée d'invités (ne comptent pas les *invisibles*, Mahé en est un, dont la présence ne doit être attestée par aucun document), le comité central ne se réunit pas deux fois de suite dans le même endroit. Cette fois, Montreuil a été choisi parce que Duclos a voulu se payer la tête des deux condamnés dans la ville dont il est le député.

Une dernière précision: à cette époque-là, la grande majorité des agglomérations de la banlieue parisienne sont administrées par les communistes, d'où cette image de ceinture rouge chère aux sociologues.

Mahé n'est pas censé se mêler aux membres du comité central.

Il ne s'assied pas avec eux, il leur parle peu. Il ne participe pas non plus au déjeuner collectif servi dans la salle de réception de la mairie. Et, à l'heure de la pause pipi, il dispose du pouvoir d'accéder aux toilettes privées du maire. Ainsi respecte-t-il en toutes circonstances les règles de l'*invisibilité*.

Lorsque, comme ce matin, il tombe par hasard dans un bistrot sur l'un des délégués, il doit se dérober à toute conversation où serait évoquée sa mission à Moscou. De ce point de vue, Roger Pannequin a eu droit, même sur le mode ironique, à un traitement de faveur, mais c'est l'une des rares libertés que les anciens FTP s'octroient, des libertés que le couple Thorez censurera sitôt qu'auront été écartés Tillon, Guingouin et Pannequin – mais oui, lui aussi – l'année suivante.

Il est 9 heures 35, Billoux, le président de séance, cède la parole à Duclos pour une «courte, urgente et capitale communication». Par avance, la salle l'applaudit. C'est la règle. En réunion plénière, on ovationne les chefs dès qu'ils se lèvent ou s'asseyent.

Petit problème, Duclos, un mètre quarante-six, a du mal à atteindre le micro. Son voisin doit l'y aider.

Ça y est. Le micro est à sa portée, il peut se faire entendre : «Camarades, j'ai l'honneur de vous annoncer une immense nouvelle, Maurice est sur le point de rentrer, ce n'est plus qu'une question de semaines... »

On ne le laisse pas achever.

Ce ne sont que de longs cris de joie comme on en pousse au stade quand l'équipe du cru marque un but. Quasiment une apothéose.

Aragon, que Mahé, assis tout au fond de la salle, découvre enfin, n'est pas en reste. Il exulte et lance des vivats à en perdre la voix.

Même Marty, qui n'ignore pas que l'ordre de sa mise en accusation a été donné par l'aimable Maurice, s'est levé pour s'associer à la déification.

Duclos reprend la parole : « Le prochain comité central se réunira, c'est un fait certain, en sa présence. »

Chacun calcule.

Au grand maximum, et dès lors que nous devons nous revoir à la mi-décembre à Gennevilliers, on en a encore pour onze à douze semaines. C'est extraordinaire !

Merveilleux !

Et, hop, ça repart pour de nouveaux beuglements.

Peu respectueuse des liturgies quand elle est sur ses terres, Jeannette, qu'à cause du vacarme Mahé n'a pas entendue arriver, se laisse glisser sur la chaise voisine de la sienne.

Elle aussi respire la félicité.

«Tu comprends maintenant pourquoi j'ai pris l'avion hier, dit-elle.

– Ça date de quand ?

– De dimanche.

– Je peux te demander qui vous en a prévenus ?

– Malenkov.

– Directement ? s'étonne Mahé.

– Non, l'un de ses adjoints nous a téléphoné.

– Mais c'est sûr cette fois ?

– Cette fois, je le sens, ça l'est, Hervé.

– Tant mieux.

– J'ai une idée, ça ne te dirait pas de manger avec moi et mes sœurs ce soir ?»

Aïe, aïe !

Aragon et Mahé sont convenus de se retrouver vers 19 heures près du Palais-Royal, puis de dîner et peut-être même de passer la nuit ensemble.

«J'aurais bien aimé, dit Mahé, mais…

– Mais quoi ?

– J'ai quelque chose de prévu que je ne peux pas…

– Que d'hésitations ! Toi, tu aurais rendez-vous avec l'amour de ta vie que tu ne te comporterais pas autrement. J'ai raison, hein ?

– Tu as raison, répond Mahé en la fixant droit dans les yeux.

– Je te pardonne. On se verra une autre fois. À propos, si Maurice rentre, essaie d'obtenir des Soviétiques de pouvoir le suivre à Paris. Nous allons avoir besoin de camarades comme toi.

– Ce sera difficile.

– Essaie… Et bonne soirée ! As-tu un endroit pour aller roucouler ? demande Jeannette en se levant et en l'embrassant sur le front.

– J'ai une vieille tante dans le Marais qui me prête les clés de sa chambre de bonne, ne t'inquiète pas », ment Mahé.

Le reste de la matinée aurait pu être d'un ennui pesant, comme souvent dans ce type de réunion où les rabâcheurs ont tendance à se succéder à la tribune, si n'était intervenu le camarade Perplexe, celui-là même qui, se parant d'une nouvelle identité, finirait sa vie sous les ors d'une académie.

Déjà rédacteur en chef de *l'Humanité*, déjà prix Staline de littérature, Perplexe n'est pas homme à lésiner sur la flagornerie.

S'il a pris la liberté de s'adresser à la salle, feint-il de s'excuser, c'est parce qu'il a « subitement été envahi par le besoin » de dire à tous ses camarades qu'il « comprend mal le caractère parfois formel et abstrait des indications données par le comité central et par son organe, *l'Humanité* ».

Sur ces mots, il s'interrompt comme pour mieux faire apprécier son audace. Ne vient-il pas de médire du journal dont il assure la parution ? Ne vient-il pas de se dénoncer ? La moindre des choses serait qu'on lui marque de l'admiration. Même à dose réduite. Or rien de tel ne se produit. Tous savent dans la salle que cette remarque aux accents d'autocritique n'est que du pipeau.

Aussi Perplexe reprend-il en frappant, cette fois, le grand coup, celui qui devrait lui valoir un jour prochain de grimper dans la hiérarchie du journal en s'emparant – pourquoi pas ? – du poste de directeur adjoint : « Camarades, martèle-t-il, ce défaut de lisibilité pourrait nous être épargné si nous relisions plus souvent que nous ne le faisons les *Œuvres* de Maurice Thorez, modèle du concret et de l'efficacité. »

Quand Perplexe redescend de la tribune sous les applaudissements de ses camarades, Aragon, qui lui a mis le pied à l'étrier, et qui le regrette, se retourne vers le fond et cherche Mahé du regard.

C'est peine perdue, Mahé a quitté la salle au tout début de l'intervention de Perplexe qu'il méprise depuis qu'à Moscou, le jour de la remise de son prix Staline, il l'a surpris en train d'accuser Éluard de dilettantisme.

Dépité, Aragon griffonne quelques mots au dos du document remis à tous les membres du comité central.

Écrirait-il à Mahé ?

Non.

Et puis, pourquoi le ferait-il ?

On n'est pas chez Marivaux.

Derrière Aragon, il n'y a pas une accorte Lisette s'impatientant d'apporter un mot doux à l'*invisible*, l'amant de Monsieur.

Il écrit des vers.

Pas n'importe quelle sorte de vers.

Figurez-vous que ce sont des alexandrins.

Il s'arrête et se relit:

« Ô femmes, souriez et mêlez à vos tresses

Ces deux mots-là comme des fleurs jamais fanées… »

Il réfléchit, puis il écrit encore:

« Il revient! Les vélos, sur le chemin des villes. »

Aragon lève ensuite la tête, scrute ses voisins. Sans éprouver autre chose que du désabusement… Ça le trouble. Il ne devrait rien ressentir de tel. Par curiosité, il se prend le pouls. Faible mais régulier. Serait-ce l'effet de sa rencontre avec Mahé? Certainement, sinon quoi d'autre? Oui, oui, ce ne peut être que cela.

Ô joie! Ô splendeur!

Voilà qu'enfin il se surprend à réentendre son cœur, son vrai cœur, et que le passé, son cher passé, revient l'assaillir. Autrefois, se rappelle-t-il, j'écrivais pour Pierre, pour André, pour Philippe, pour Paul, et maintenant pour qui est-ce que j'écris?

Recapuchonnant son stylo, Aragon se recroqueville sur lui-même.

« Qu'on m'apporte ma pipe d'opium!… Plutôt mourir comme Vaché que d'aider Perplexe à se faire éditer chez Gallimard! »

94

Sur ces entrefaites, Mahé réapparaît et se rassied à sa place mais, indifférent à ce qui se déroule autour de lui, il se plonge dans la lecture des notes sur le départ des Tillon d'Aubervilliers que lui a fait apporter Lucas.

Il n'est pas loin de 11 heures.

Duclos s'empare à nouveau du micro et propose une interruption de séance.

Mais à quelle heure Lecœur va-t-il se décider à attaquer Aragon ? Logiquement, il aurait déjà dû le faire, se dit Mahé en enfilant sa veste imperméable.

Sortons, essayons de le coincer, et faisons-le parler.

Lecœur m'attribue plus de pouvoirs que je n'en ai, il ne me craint pas mais il me respecte.

Tirons-en avantage.

2

Mahé en est encore tout ébaubi.

S'il avait le goût de l'exagération, il se dirait anéanti.

Mais il n'a pas été anéanti, il a été ébloui.

Violemment ébloui.

Comme on peut l'être lorsqu'un feu de Bengale vous éclate à la figure et qu'aveuglé par ses particules incandescentes, tout se brouille dans vos yeux.

De fait, ça n'a duré qu'un temps très court, quelques secondes au plus, et maintenant que c'est fini, Mahé est bien forcé d'admettre qu'il n'a pas été le jouet d'une illusion.

L'érection, qu'il s'efforce de cacher du mieux qu'il peut en gardant croisés les pans de sa veste imperméable, le lui fait sentir à chacun de ses pas.

Comment Aragon a-t-il osé ?

Ici, au milieu de tous ?

Dans ce couloir éclairé au néon où vouloir n'être pas vu relève de l'exploit ?

Comment Aragon, que la plupart épient et jalousent, a-t-il osé s'offrir à leurs coups ?

Ne cherche pas, Mahé. Ne te pose plus de questions. Ton amant s'est sacrifié.

Il a libéré la plus secrète, la plus dangereuse de ses pulsions, celle qui associe la jouissance à la mort.

« Vois, mon chéri, je meurs pour toi. »

N'importe où ailleurs, Mahé hurlerait son bonheur.

Ici, il ne peut que se consumer en silence.

Ici, c'est pourtant chez lui.

Une chose est certaine, aucun de nous ne finira aux galères. Pas cette fois. Tout est allé très vite, et nous étions si près l'un de l'autre que la scène n'a pu que passer inaperçue à ceux qui marchaient derrière lui, et derrière moi, se dit Mahé en s'éloignant.

Ce n'est pas que son sort l'inquiète. Il sait depuis toujours que le danger fuit les braves. Son trouble est d'une autre nature. Il ne supporte plus son indécision. Son flottement.

Que faire ?

Que faire ? Rien n'est plus simple. Baisse la garde, ouvre-toi.

Ne spécule plus.

Fuis les mots, fuis les pensées.

Prends modèle sur Aragon.

N'oublie jamais cette façon qu'il a eue à l'instant de te lancer un baiser du bout des doigts en même temps que, de sa main droite, il frôlait ton entrejambe.

Le bonheur par l'obscénité, voilà ce que tu as connu.

Et qui te marquera jusqu'à la fin des temps.

Comme t'a marqué *Le Con d'Irène*.

Mahé s'est en effet dépêché de le lire hier dans la nuit après être rentré de Saint-Germain-en-Laye.

Il a surtout aimé le premier chapitre : « La laideur des Françaises, la stupidité de leurs corps, leurs cheveux, petites rinçures. » Et il a retenu ceci qu'il veut considérer comme un autre acte de foi d'Aragon : « Les plaisirs de l'amour sont l'essentiel de sa vie. Tout le reste lui paraît atermoiement et bagatelle. »

« Atermoiement et bagatelle, comme cela dit bien ce que cela veut dire », se répète-t-il en pénétrant dans la salle de réunion.

Cette fois, il ne s'assied pas, il s'adosse au mur et laisse flotter son regard.

Un nouvel orateur, dont le nom importe peu, gravit les marches menant à la tribune et pose devant lui un dossier pas des plus minces. Ce sont, en avertit-il l'assemblée, des propositions susceptibles de faire rentrer les cotisations des adhérents en retard de paiement.

Mahé le connaît, lui non plus n'est pas une flèche, c'est même l'un de ces rabâcheurs qu'il vomit. Un comité central sur deux, il est connu pour intervenir de son ton monocorde sur n'importe quel sujet, en général les plus soporifiques. Dans son genre, ils sont bien une douzaine. Soit grosso modo le quart du comité central.

Que peut faire Aragon en ce moment ?

S'il prête l'oreille à l'orateur, il doit souffrir lui aussi.

Mahé essaie de l'apercevoir. Mais un dos perdu au milieu d'autres dos, ça ne se repère pas du premier coup d'œil.

Mahé ne capitule pas.

Il se livre lentement à une nouvelle revue de détail, mais niet, pas d'Aragon.

Aurait-il changé de place ?

Ce serait contraire au règlement.

À cette idée, Mahé sourit. Les règlements, Aragon les contourne.

Mais si !

Aragon est là où il doit être. À demi couché sur sa table, il a l'air d'écrire.

L'heureux homme !

Lui, Mahé, en attendant que rapplique Lecœur, ne peut que soliloquer. C'est une manière de tuer le temps. Il en est d'autres, et de meilleures, mais elles lui sont interdites. Aussi finit-il par sortir de sa poche le paquet largement entamé de Balto, des blondes made in France, qu'il a piqué sur l'une des tables. Ces cigarettes sont censées rivaliser avec les Chesterfield qu'il a oubliées dans la traction. Il ne les aime pas, elles ont un goût de paille, et leur papier colle aux lèvres.

Tout à l'heure, se promet-il, il ira chercher ses vraies américaines dans sa voiture et il en profitera pour se masturber.

« Tu voulais me voir, Mahé ? »

Lecœur a sa tête des mauvais jours. Mais, avec lui, on ne sait jamais si c'est le signe qu'il a des soucis ou le signe qu'il se prépare à en causer à son entourage.

« Je voulais te demander si tu pensais toujours, étant donné la bonne nouvelle que nous a annoncée Duclos, te rendre à Moscou le mois prochain.

– Bah, oui, ça me permettra de préparer le retour de Maurice. »

Et de savonner la planche à Duclos, ton rival, pense Mahé qui acquiesce d'un mouvement de tête.

« Et puis, poursuit Lecœur, je dois converser avec les camarades qui travaillent sur le problème qu'a dû aborder avec toi où tu sais l'officier de l'ambassade. »

Quelle buse ! Qui a pu lui apprendre à s'exprimer avec autant de lourdeur ? Peut-être, à bien y réfléchir, le fait-il exprès pour ne pas se distinguer de ce peuple qu'il connaît moins bien qu'il ne le prétend ?

« Tu crois à cette menace sioniste ? s'oblige à dire Mahé.

– Bien sûr. Pas toi ?

– Comment pourrais-je ne pas y croire, hein ? L'ordre émane de Staline.

– En voilà un qui est irremplaçable.

– C'est le mot, irremplaçable.

– Bon, tu n'avais rien d'autre à me dire ?

– Non… Si. Oui. Tu interviens aujourd'hui ? Je ne te le demande que parce que, si tu t'en abstiens, je m'en vais aller discuter avec Burin des prévisions de notre banque pour l'année prochaine.

– Reste ! Tu ne devrais pas le regretter.

– Alors je reste mais, pardon d'y revenir, dois-je en déduire que Duclos est aussi au courant pour cette histoire de complot sioniste ?

– La bonne blague ! Comment pourrait-il en aller autrement vu ce qu'il pense d'Israël ? »

Voilà mon oubli réparé, se dit Mahé, et la preuve que Lecœur a ses propres canaux d'information et qu'il en fait bénéficier qui bon lui semble. Mais pas pour tout. Je suis persuadé qu'en dehors de Chibouque, qui en a parlé à Thorez, personne au bureau politique ne sait qu'il va attaquer Aragon tout à l'heure, après le pousse-café.

Tant mieux, c'est un faux pas de plus.

Il les paiera tous. Je m'y emploierai.

3

Grâce à un passe-droit, Mahé a pu avoir accès au minuscule parking souterrain de la mairie. Autour de lui, toutes les places sont occupées, constate-t-il après s'être coulé derrière son volant. Parfait, il ne sera pas dérangé. Les Chesterfield sont là où il pensait les avoir posées, sur le tableau de bord. Il en allume une et se sent tout de suite mieux. Il aime les parkings souterrains, les endroits obscurs, les caves, les grottes.

S'il avait un jour la libre disposition d'un appartement, son rêve serait de le peindre en noir, et pas que les murs, les plafonds aussi.

Ah, bordel, grimace-t-il en tendant l'oreille, il y a quelqu'un ! Et quelqu'un qui voit mal, puisqu'il se cogne dans les pare-chocs et jure.

Il n'existe donc nulle part un endroit où l'on puisse s'abandonner à la solitude dans cette mairie.

Trouve ta bagnole et tire-toi, mec! Laisse-moi à mes pensées!

Et à mon plaisir…

Chierie, ça se complique, le quelqu'un vient de se coller à sa vitre entrouverte. Et ce quelqu'un, comme s'il voulait lui jouer un mauvais tour, avance sa main vers le visage de Mahé qui ferme ses poings. Sauf que ce n'est pas la main d'un inconnu.

Il frémit en la reconnaissant.

C'est la main d'Aragon.

Il en est persuadé.

Le dessin des veines, la forme des doigts, les ongles, il reconnaît tout.

« Louis, te voici, ne sait-il que murmurer.

– Non, pas Louis! Gérard… Tu veux bien me faire une place à côté de toi ?

– On sera mieux à l'arrière. Attends, je t'ouvre », dit Mahé que la présence de son amant dans ce parking semble moins déconcerter qu'on ne s'y attendrait.

Mais, hier aux *Lettres françaises* et tout à l'heure dans le couloir de l'Hôtel de Ville, Aragon lui a fait l'éclatante démonstration de ses dons. Aussi plus rien ne peut le désorienter venant de lui.

Ils s'embrassent aussitôt à bouche que veux-tu, tels des affamés cherchant à se nourrir l'un de l'autre.

On entend des grognements, des râles, et une fois, une seule, on entend Aragon murmurer : « Donne-moi tout, mon grand chéri. Tout ! »

À qui se choquerait qu'un communiste de l'envergure de Mahé s'abîme dans l'animalité sans chercher à se contrôler, nous dirons – de Danton à Trotski, les exemples sont nombreux – que l'histoire des révolutions pourrait aussi s'écrire sous l'angle de l'amour-passion, cet amour fou qui fait hurler à Mahé : « Je suis ton chien, c'est ma façon », tandis que, la bouche ensauvagée, Aragon répond : « Ton corps est ma seule patrie, ma patrie d'amour. »

Ainsi vont s'aimer Aragon et Mahé dans cette traction avant dont il est temps de préciser qu'elle n'appartient pas à son chauffeur et que celui-ci la rendra au garage que son parti possède rue La Fayette avant de s'envoler pour Moscou.

« Tu n'as pas mangé ?

– J'avais autre chose en tête... et de toute façon je n'ai plus faim.

– S'il te plaît, l'heure n'est pas à l'obscénité, nous devons repasser de l'autre côté. Écoute-moi, il faut que tu prennes des forces. Il est certain que Lecœur va t'attaquer tout à l'heure. Il me l'a fait comprendre. Or, l'estomac vide, la tête te tournera...

– Sais-tu maintenant, l'interrompt Aragon, sur quoi il va appuyer son accusation ?

– Non, toujours pas. Mais tu le connais, à un moment ou un autre il poussera le couplet ouvriériste. Je suis persuadé qu'en s'en prenant à toi, il cherche par-dessus tout à rallier à sa personne les membres du bureau politique qui ne comprennent rien à tes livres et qui, sur un tout autre plan, hésitent entre Duclos et lui pour succéder à Thorez s'il disparaissait ou s'il revenait de là-bas terriblement amoindri.

– Il va alors me reparler des *Communistes* que j'aurais mieux fait de ne pas écrire, crois-moi, quand j'entends ici ou là des responsables politiques et syndicaux me reprocher d'ignorer le parler ouvrier...

– Je ne pense pas qu'il remettra sur le tapis *Les Communistes*, en revanche il peut te faire grief de ta sympathie pour Cocteau. À moins qu'il ne te ressorte *Aurélien*... Ou, dernière hypothèse, qu'il s'en prenne aux *Lettres françaises* et en dénonce l'élitisme puisqu'un simple subjonctif lui paraît une concession à la bourgeoisie.

– Tant qu'il ne me met pas sur le dos le camarade Proust, il y a de l'espoir, se force à sourire Aragon.

– À propos, le personnage d'Irène, c'est toi, n'est-ce pas ?

– Si tu le dis...

– Je le dis et je le pense.

– Audacieux avec ça, le jeune homme ! Bon, et tu vas manger quoi et où ?

– Un sandwich dans un bistrot que je connais.
Il est à droite en sortant de la mairie, mais il y en
a plein d'autres en remontant sur la gauche... Que
vas-tu raconter à tes voisins s'ils s'étonnent de ton
absence au déjeuner ?

– N'oublie pas que j'ai presque été médecin. Des
excuses, j'en ai cent. À propos, as-tu remarqué que
Tillon ne siégeait pas avec nous ?

– Oui.

– Ça te paraît normal ? Il est malade ou quoi ?

– C'est possible... Ce soir, on se retrouve
toujours au Nemours, sous les arcades du
Palais-Royal ?

– À condition que je ne sois pas mort.

– Le Nemours, coïncidence, était l'un des cafés
où je rencontrais Tillon sous l'Occupation.

– Comme j'ai aimé ce temps-là !

– Moi aussi. Mais maintenant, imitons les pièces
de théâtre, partons chacun de notre côté.

– Minute ! Dis, si je comprends bien, en m'aver-
tissant de l'intervention de Lecœur, tu as enfreint
la règle, tu as trahi...

– C'est une hypothèse, répond Mahé.

– Et qui trahiras-tu demain ? Demain ou dans
un mois, dans un an ?

– Et toi, quand me repousseras-tu ?

– Embrasse-moi, mon grand chéri ! »

4

Mahé enchaîne les ronds de fumée et s'efforce d'en suivre la lente progression jusqu'à ce qu'ils s'évanouissent dans les airs. En un tel lieu, en un tel moment, il n'a pourtant pas le droit de s'abandonner à la rêverie. Il le sait, il connaît ses ordres, mais il ne parvient plus à chasser l'espèce de langueur qui l'a envahi.

Quelque chose en lui est en train de se désagréger.

Et il n'en souffre pas, ou si peu que ça ne compte pas.

Une seule pensée l'habite : Ne cherchez plus à voir en moi, je ne suis plus là.

Hélas ! Ce n'est qu'une chimère, Mahé n'a pas disparu de la salle où se tient le comité central. Il est toujours là et, lorsque Marty réclame la parole, il ne peut que sursauter.

Hein, quoi, le mutin va se battre ? Il va nous défier ?

Mais non, ça lui est impossible.

Ça lui est interdit.

Oublie tes ronds de fumée, oublie tes frissons, et réfléchis, Mahé. Officiellement, Marty n'est suspect de rien. Sa mise en accusation ne sera rendue publique que demain après-midi.

Alors, quoi ?

Pourquoi veut-il parler ? Et de quoi va-t-il parler ?

Réveille-toi, Mahé. La réponse à tes questions, tu l'as sous tes yeux.

C'est ta partie qui s'engage. L'une de tes parties. Celle de laquelle tu ne sortiras victorieux que si tu es libre de tes mouvements, libre de tes émotions.

Sois à ce que tu dois faire, sois à ta mission, ne te fourvoie pas, ne te trahis pas, sinon tu ne pourras plus protéger ton amant que tu n'arrives toujours pas à appeler Gérard comme il te le demande. Tout juste lui murmures-tu de temps en temps un inaudible « mon amour ».

À la demande d'Aragon, Garaudy vient de lui faire glisser les deux pages blanches qu'il a arrachées à l'un des cahiers sur lesquels il note à peu près tout ce qui se dit durant les réunions du comité central.

Aragon l'en remercie d'un demi-sourire et trace en lettres majuscules le titre du petit essai dont il a

108

eu l'idée au bistrot où il a déjeuné de deux œufs au plat et d'un verre de mâcon un peu trop vert.

Ce sera *Éloge du Formica*, un texte d'une quinzaine de feuillets qu'il fera porter à Mahé quand celui-ci repartira pour la Russie. Aujourd'hui, Aragon n'aura le temps que d'en écrire le premier paragraphe.

Par malheur, une nuit de novembre 1956 alors qu'il préparait sa fuite vers l'Amérique latine, Mahé s'en verra dépossédé par un pickpocket dans le métro de Moscou. Des années plus tard, à la demande de Le Braz, il réussira à en restituer de mémoire quelques morceaux, tel celui-ci : « Sur la table stratifiée, mon bel amour, ta queue turgescente, braiseuse s'avance avec la ténacité d'une fourmi rouge vers ma bouche impatiente. »

La démarche mal assurée de Marty en trouble plus d'un. Mahé le premier.

« Il est fichu, se dit-il, pourvu qu'il ne lui vienne pas à l'idée de se suicider. »

C'est une pensée horrible, une pensée d'exécuteur.

Le rêve est passé, la langueur s'en est allée, la froideur l'a remplacée.

Aragon, qui se vante de pénétrer les pensées de Mahé, en serait tout attristé. À ses yeux, son amant n'a qu'un défaut, la susceptibilité, pas la froideur.

Marty n'a demandé à s'adresser au comité central que pour lui faire connaître l'ampleur de la crise viticole actuelle.

Et maintenant qu'il a pris place à la tribune, il se tourne vers Lecœur et sans un mot il s'essuie lentement le front.

Son cœur est en train de le lâcher. Marty en est conscient. Demain, il n'aura peut-être pas la force de résister à l'assaut. Car, à l'inverse de ses camarades du comité central, il connaît le programme. Les *revizors* l'en ont averti. Non par bienveillance, mais par cruauté. Pour qu'il se ronge les sangs en attendant d'être jeté en pâture à la meute.

« La parole est au camarade Lecœur », annonce Billoux, une fois Marty revenu à sa place.

Le silence se fait.

Après s'être campé devant le micro, Lecœur baisse la tête et extrait de sa poche *on ne sait quoi* qu'il feuillette sans se presser. Et sans desserrer les lèvres.

En face de lui, chacun dans la salle retient son souffle.

Mahé apprécie en connaisseur : une fois n'est pas coutume, la buse se plie à la méthode des instructeurs de la Loubianka.

Puis, Lecœur repousse *l'on ne sait quoi*, toise les premiers rangs qui se figent et parle enfin. Il dit que deux dangers menacent le Parti, deux grands dangers, mais il n'en dit pas plus, brusquement il s'interrompt comme si les mots lui manquaient pour définir ces dangers.

Même Duclos paraît interloqué par son attitude. Lecœur est un fonceur. Qu'est-ce qui le retient ?

C'est du cinéma, et du mauvais, pense Aragon qui se rappelle les tribunaux surréalistes. Lorsque tu en es ressorti indemne, mon coco, tu ne crains plus rien. Breton ne reculait jamais. Une phrase en entraînait une autre, et un soupçon débouchait comme par automatisme sur une accusation. En comparaison, l'Abraham de la Bible était un tendre. Le poignard à la main, Breton n'interrogeait ni Dieu ni sa conscience, il le plantait sans trembler dans la chair d'Isaac.

« Le premier danger, tonne enfin Lecœur, est le sectarisme. »

Ouf, chacun soupire de soulagement, ça, c'est du connu !

« Il a failli nous détruire dans les années vingt, on l'avait cru mort, mais il revient toujours telle une hydre – Lecœur a dit : tel un hydre –, et toujours il y a des camarades qui tombent dedans. »

Charabia, charabia, a envie de crier Aragon qui, les yeux fixés sur l'immense portrait de Staline accroché au-dessus de l'orateur, n'en perd pas un mot.

« Le sectarisme, camarades, doit être liquidé avec la dernière énergie. J'engage – et Lecœur se fait impérial –, j'engage nos fédérations à le démasquer et à le dénoncer partout où il se manifeste... »

Des applaudissements éclatent, mais l'orateur impose le silence d'un geste vif de la main, il n'a pas terminé.

« Il est un autre danger, reprend-il, et il est non moins dangereux (le principe même du danger est d'être dangereux, abruti, ricane Aragon), c'est l'opportunisme. Or, récemment, assez récemment, l'un de nos journaux, le journal que notre parti, que dis-je, que notre cher Maurice en personne a confié, en dépit de la modestie actuelle de son titre, au seul camarade Aragon... »

Nous y sommes, murmure pour lui-même Mahé.

« ... *Les Lettres françaises*, puisqu'il faut les nommer, ont sacrifié à l'opportunisme. Je veux parler ici de l'article de Pierre Cot paru le 18 juillet dernier et portant sur ce que ce compagnon de route, d'ordinaire mieux inspiré, appelle "l'affaire Duclos". »

À présent que l'Union soviétique et les pseudo-démocraties populaires qui lui étaient enchaînées ont été rayées de la carte, la charge que s'apprête à mener Lecœur contre Aragon, pour avoir publié l'article « opportuniste » de Pierre Cot, paraîtra dérisoire au regard des crimes commis dans la même période par le stalinisme à Moscou comme à Prague et comme bientôt à Budapest. Dérisoire, incompréhensible et, osons le dire, ennuyeuse à rapporter et à lire.

Ne serait-ce que parce que la relation amoureuse entre Mahé et Aragon est indissociable de l'histoire du PCF, on ne peut cependant en faire l'économie.

Or donc, de février à avril 1952, Staline n'avait cessé de répéter aux communistes français que leur parti ne reviendrait au pouvoir que par ses propres moyens. Plus aucune alliance n'était possible. Il s'agissait désormais de combattre ouvertement la bourgeoisie et ses soutiens de tous bords qui livraient le pays à l'occupation américaine.

À la suite de quoi, une première journée de lutte avait été fixée au 28 mai. Paris allait en être le principal champ de bataille.

Au jour dit, et dès 3 heures de l'après-midi, gendarmes mobiles et gardiens de la paix affrontèrent des milliers de militants, auxquels s'étaient joints de nombreux fonctionnaires municipaux de la ceinture rouge armés de manches de pioche et de barres de fer. La violence fut extrême des deux côtés. Huit heures plus tard, le bilan impressionna, nous assure-t-on, le ministre de l'Intérieur. Plus de huit cents arrestations, un manifestant tué, des centaines de blessés (le plus souvent évacués par leurs camarades vers des dispensaires de banlieue contrôlés par le PCF). Pour ce qui était des forces de police, on dénombrait deux cent vingt blessés dont une trentaine gravement.

Prévenu en milieu d'après-midi (on ne sut jamais par qui) que le préfet de police envisageait à titre préventif l'arrestation de quelques dirigeants du

PCF, Lecœur avait gagné un lieu sûr et inconnu de ses camarades. Vers 22 heures, Duclos, moins bien inspiré, et alors qu'il aurait dû regagner directement sa banlieue, demanda à son chauffeur de faire un détour par le centre de Paris afin de s'assurer de l'étendue des dégâts occasionnés par « la vaillante classe ouvrière ». Arrêtée à un barrage de police, la voiture de Duclos fut soumise à une fouille. Et c'est ainsi qu'ouvrant le coffre de sa traction, une 15, la police s'offrit le ridicule de confondre le cadeau d'un ami chasseur, deux ramiers bien gras, avec des pigeons voyageurs. Traité illico en espion, Duclos le gourmand fut conduit à la Santé malgré son immunité parlementaire.

Selon la règle, en l'absence de Lecœur et de Duclos, il aurait dû revenir à Marty, le numéro trois de l'appareil, d'assurer la direction du Parti, or quarante-huit heures auparavant la Commission centrale de contrôle politique avait entamé son procès à huis clos.

On devine l'affolement des apparatchiks.

Glissons.

Afin d'obtenir la libération de Duclos, le PCF et la CGT préconisèrent une grève générale à compter du 4 juin. Ce fut un échec cuisant. Moins de quinze pour cent de grévistes, aussi fallut-il temporiser jusqu'au 1er juillet pour que le député de Montreuil sorte de prison où il avait séjourné trente-trois jours – c'était cher payé quand on avait comploté de se faire mitonner par son épouse des pigeons aux petits pois frais.

Reprenons.

Puisque la mobilisation militante n'avait rien donné, grâce à qui Duclos avait-il retrouvé la liberté ?

Grâce, soutenait Pierre Cot dans cet article des *Lettres françaises*, à l'action conjuguée de tous les démocrates épris de liberté, essentiellement des socialistes en rupture de parti, des radicaux libres de toute attache partisane, des gaullistes dits de gauche, des chrétiens progressistes, se recrutant pour la plupart parmi les professeurs d'université, les grands médecins, les intellectuels, et parmi les représentants de cette fraction de la bourgeoisie que les dialecticiens du carrefour de Châteaudun qualifiaient d'éclairée.

À l'instant, depuis la tribune de Montreuil, l'accusateur d'Aragon a fourni à son auditoire une version autrement positive de ce qui précède, ainsi que permet de le supposer la fin de sa harangue que nous retranscrivons en amendant sa syntaxe.

« Répétons-le, articule avec force Lecœur, notre camarade Jacques Duclos ne doit sa remise en liberté, et pas un communiste ne l'ignore, qu'à l'intervention courageuse et soutenue de la classe ouvrière et de la petite paysannerie, et c'est être opportuniste que de prétendre le contraire, et prétendre le contraire n'est qu'une manière déguisée de nier la vérité historique et les valeurs de l'avant-garde prolétarienne... »

115

Quelle logomachie! Vivement l'estocade! maugrée Mahé à part lui.

Elle vient.

La voici.

« C'est cet opportunisme, camarade Aragon, que nous sommes en droit de te reprocher. Tu n'as pas fait preuve de suffisamment de vigilance politique. Qu'as-tu à nous répondre? L'heure est venue de t'expliquer devant les tiens. »

Assise au premier rang, Jeannette fait un signe à Duclos qui en saisit tout de suite le sens.

De son côté, mais moins effrayé que Lecœur l'avait escompté, Aragon ne sait trop comment réagir.

S'il avait au moins devant lui le numéro litigieux des *Lettres françaises*, il pourrait citer les quelques lignes d'avertissement qu'il avait, ce jour-là, écrites au dernier moment, et qui avaient fait l'objet d'un encadré dans le corps de l'article de Cot. Il a l'impression que ça ressemblait plus ou moins à... Il cherche mais, furieux de découvrir une sévérité de mauvais aloi sur le visage de ses voisins les plus immédiats, il s'égare dans le dédale de sa mémoire.

En tout cas, de cela il se souvient avec netteté, cet article lui avait été conseillé par Billoux, le même qui préside depuis le matin les travaux du comité central. Il se rappelle aussi que Cot avait joint à son article un petit mot dans lequel il lui certifiait avoir obtenu l'accord de Duclos.

C'est à ne plus rien y comprendre.

Pourquoi Billoux, pourquoi Duclos ne réagissent-ils pas ? Et que fait Jeannette dont il aperçoit la nuque maintenant qu'elle a coupé ses cheveux à la garçonne ?

Ah, foutre, quel besoin as-tu de t'arrêter à ce genre de détail ! Depuis quand t'intéresses-tu à elle ? C'est Maurice, son mari, que tu aimes, pas elle, la misérable qui s'est crue libre de pouvoir faire rire son entourage en n'appelant plus Elsa qu'Elsa Cabriolet...

Dans cette salle, de sûr, tu n'as que ton amant, mais en cette circonstance que peut-il faire pour toi ?

Comme il doit souffrir, comme je le chéris, lui à qui je dois d'être redevenu rien que la poussière de mon semblable, lui qui... mais oui, c'est ça !

Miracle qu'Aragon attribue la minute d'après au magnétisme de Mahé, voici que deux des lignes de son court avertissement à l'article de Cot lui sont revenues à l'esprit. Voici qu'il se revoit en train d'écrire, ou à peu près, que *Les Lettres françaises* souhaitent permettre à Pierre Cot de s'exprimer, librement, « sans égard à ce que pense la direction du journal ».

Et, là-dessus, tel un diable surgissant de sa boîte, il se lève et réclame à Billoux le droit de pouvoir répondre au camarade Lecœur.

Permission accordée.

Mahé exulte.

On va rire.

Confronté à une assemblée qui dans sa majorité ne lui cache plus son hostilité depuis que Lecœur a brisé le tabou en lui collant l'étiquette d'opportuniste, Aragon est à son affaire.

Ils veulent la vérité, ils auront le mensonge.

Je m'en vais vous étourdir de mots tout en m'excusant de devoir vous les imposer. Vous vous croyez des experts de l'aveu, vous n'êtes que des inquisiteurs de Grand-Guignol. Vous ne tirez votre pouvoir que du nombre, je le tire de ma singularité.

J'ai cinq cartes en main, regardez-moi, ne me quittez pas des yeux, je mens mais je ne triche pas. Vous y êtes ? Parfait. J'abats la première. Vous la reconnaissez ? Quelle belle carte, hein, que l'as d'humilité !

« Camarades, dit Aragon, je suis un jeune membre du comité central, non par l'âge – ils sont déjà quelques-uns qui ricanent – mais par la date d'entrée parmi vous, 1950, c'était hier, n'est-ce pas ? Et depuis deux ans, je ne sais si vous l'avez remarqué – à nouveau, des ricanements –, je n'ai fait qu'écouter. Aujourd'hui, il me faut prendre la parole, et comme c'est la première fois, soyez indulgents, je n'ai aucun talent particulier en ce domaine. »

Il attige, pense Mahé, mais il a raison.

Le mérite ne suffit pas.

Il faut y ajouter un rideau de fumée.

« Le camarade Lecœur a déclaré que mon erreur, car il est indubitable que c'en est une, devait être partagée par tous. Une telle générosité me touche mais elle ne change rien à ma faute. »

Aragon regarde la salle, puis ses mains, puis encore le portrait de Staline, avant de confesser d'une voix sourde que ce n'est pas une faute qu'il a commise, mais cinq.

Aragon dépose alors sur le pupitre de la tribune le valet de naïveté et le dix de fiel.

Il y a d'abord cette faute, annonce-t-il, mais il n'en dira pas un mot. Les aveux, il les réserve à ses écrits. Quant à cette autre faute, soupire-t-il avant de se dépêcher, la mine contrite, de relater sa rencontre avec un camarade ô combien respectable, qu'il peine à nommer jusqu'au moment où, s'étant visiblement fait violence, il livre son nom à l'assemblée. Il s'agit du camarade Billoux qui lui aurait conseillé d'orienter *Les Lettres françaises* vers davantage de politique en ouvrant ses colonnes, par exemple, à Pierre Cot, mais sans doute, s'empresse-t-il d'ajouter, il aura mal compris. Son éducation politique, c'est l'évidence, est à reprendre – les ricanements montent en puissance.

Il en vient à sa troisième faute – les visages se tendent, va-t-on enfin en avoir pour son argent ? Que nenni, sur cette troisième faute il se montre pareillement avare de précisions, si ce n'est qu'il y associe Pierre Cot qui lui a menti en se recommandant de Duclos et qui, de ce fait, s'est rendu coupable d'un « faux », ce qui, convenez-en, camarades, éclaire sa « personne morale ».

Et vlan !
Nous sommes identiques, se dit Mahé, nous égarons nos ennemis avant de les frapper.
Pas toujours.
Quelquefois nous nous frappons nous-mêmes.

Il ne reste plus à Aragon qu'à abattre ses deux dernières cartes. Ce sont le sept d'incompétence et le roi de flatterie.

Quatrième faute, poursuit Aragon selon le même principe de l'escamotage, il n'a pris connaissance de l'article qu'une vingtaine de minutes avant son impression et, promis juré, il a voulu le retirer, mais techniquement ç'aurait retardé la sortie du journal, d'où la solution *in extremis* de l'encadré dont il rappelle, non sans hauteur, le contenu. Il n'empêche, en convient-il, qu'il aurait dû passer outre aux nécessités techniques et interrompre le tirage du journal. Pardonnez-lui sa faute, sa très grande faute.

Ce n'est pas fini.
Prêtez-moi encore attention, camarades.
Chacun ici, il appuie sur *ici*, est en droit de savoir que lui, le pauvre Aragon, il avait caressé l'espoir en acceptant de laisser sortir l'article de

Cot – ses lèvres esquissent une grimace quand il prononce le nom de *Cot* – que les conclusions de cet article feraient l'objet d'une réponse du parti… (Un temps de silence.) Or cette réponse s'est fait attendre jusqu'à aujourd'hui. Lecœur a donc raison : nous sommes tous coupables.

Avec ce roi de flatterie, Aragon pense avoir inversé les rôles.

Aussi regagne-t-il sa place d'un pas souple, les traits adoucis, un demi-sourire sur les lèvres.

Admiratif en son for intérieur, Duclos l'accompagne du regard.

Au fond de la salle, Mahé, que le « nous sommes tous coupables » n'a pas amusé, se demande de quoi va être faite la réaction de Lecœur.

Car celui-ci ne peut pas laisser sans réponse l'ultime perfidie d'Aragon.

Au lieu de cela, quand il reprend la parole, Lecœur s'engage tout de go dans l'éloge de Souslov, le nouvel idéologue du mouvement communiste, un ambitieux pour qui le « nauséabond » Dostoïevski, ce sont ses mots, préfigure l'« immonde » Henry Miller qu'Aragon, parenthèse éclairante, a dû exécuter sur ordre.

Puis, changeant de sujet, Lecœur s'avoue inondé de joie depuis qu'il a appris le retour prochain de Maurice Thorez et jure ne penser qu'à lui rendre un parti en ordre de marche.

Ayant ainsi parlé, il repousse le micro.

Quoi ? Il ne revient pas sur Aragon ?

Étrange, se dit Mahé.

Étrange ? Mais non.

Lecœur, rappelle-toi, aime les comédies de boulevard, les mises en scène avec gros effets.

Et donc, après avoir fait un pas de côté, comme s'il allait regagner sa place, le voici qui s'immobilise au bord des marches et qui, visant Aragon du doigt, lui lance :

« J'oubliais. Ces derniers temps, Maurice nous a déclaré que *Les Lettres françaises* lui plaisaient beaucoup moins parce qu'elles avaient perdu leur caractère.

– Mais à quelle date t'a-t-il déclaré cela ? réplique Aragon.

– Il y a quelque temps.

– Je ne te le demande que parce que, dans la dernière période, elles l'ont retrouvé... leur caractère. »

Dans un tout autre lieu, Aragon disant cela n'aurait pu que s'esclaffer, mais ici il affecte le désarroi du bon élève qu'on accuse à tort.

Lecœur ne tombe pas dans le panneau. Il persiste, il veut mettre Aragon à genoux. Évidemment, ce doit être sous une forme admissible.

Sous la forme d'un conseil.

Notre camarade Aragon, dit Lecœur, serait bien inspiré de s'aligner sur les ouvriers. Ceux-là voient souvent plus clair dans la politique du Parti que la plupart d'entre nous. Qu'Aragon aille dans les usines, qu'il aille au contact de ceux qui souffrent et qui sont les meilleurs représentants de l'intelligence de classe.

Autrement dit de l'intelligence du réel.

Le réel, rien que le réel, camarades !

À ces mots, la salle se lève, extatique.

Si bien qu'à l'applaudimètre, Lecœur est déclaré vainqueur.

Aragon se le tient pour dit.

Il sera liquidé si Maurice tarde à revenir ou si, dans la pire hypothèse, il ne se remet pas de sa maladie et finit par mourir. Duclos s'alliera à Lecœur. Et Jeannette laissera faire. Perplexe n'attend que cela. Garaudy aussi.

Et le Parti retournera à ses vieux démons ouvriéristes, se dit-il, et j'aurai perdu mon pari contre Breton, mon pari contre la bêtise au front de taureau. Une perspective qui l'endeuille par avance. D'autant que s'y superpose, l'instant d'après, l'image d'Elsa : que va-t-elle penser de tout cela et vers quoi va-t-elle le pousser ?

Depuis le départ des Thorez pour la Russie, c'est elle qui mène la barque.

Ainsi, voilà six mois, a-t-elle forcé Aragon à se plier à l'anathème des *revizors* contre Jean Paulhan, l'un des deux fondateurs avec Jacques Decour des *Lettres françaises* sous l'Occupation. Et c'est elle, la Russe aux beaux yeux enlarmés, qui, dans ces mêmes *Lettres françaises*, propriété

123

désormais du Parti, a écrit et signé l'article accusant Paulhan, le résistant de la première heure, de s'être transformé en « nazi » et de témoigner d'une « haine purulente » à l'égard de la juste épuration d'après la Libération. Pour donner corps à une telle fable, Aragon a dû ensuite se vanter dans Paris d'en être l'instigateur.

Donc, que va exiger Elsa lorsqu'il lui racontera sa passe d'armes avec Lecœur ?

De faire amende honorable ?

De se mettre à son service ?

De célébrer ses mérites ?

5

«Demain, notre réunion sera présidée par notre chère camarade Jeannette Vermeersch.»

La journée s'achève sur cette annonce applaudie à tout rompre par l'ensemble du comité central, debout. Aussitôt après, ça ne traîne pas, en quelques minutes la salle se vide dans une grouillante cohue. Aragon lui-même a battu des records de vitesse pour atteindre la sortie.

En dehors de Mahé qui finit de lire la note, un appel au secours, que lui a subrepticement remise Marty, il ne reste plus au pied de la tribune que Perplexe et Grandes-Oreilles en adoration devant une Jeannette sûre d'elle et dominatrice.

Sa lecture terminée, Mahé déchire en petits morceaux la note de Marty. Sa naïveté l'a touché. Aussi bien il aurait pu en rire. Comment en effet ne pas juger complètement inconscient un dirigeant qui, après avoir fait toute sa carrière dans le sillage des services de sécurité soviétiques, s'estime «victime d'un complot antiparti et désire en débattre en tête à tête avec Thorez», et cela via son émissaire qui ne peut que dépendre des Russes?

Tel avait été le premier réflexe de Mahé, et s'il a fini par se sentir ému, c'est parce que son cœur bat à un autre rythme. Il n'en doute plus, même s'il persiste dans son refus d'en tirer les conséquences. Même s'il s'accroche à la certitude que le réveil de l'amour, ce songe si longtemps affaibli, ne changera rien à sa situation.

«Rejoins-nous, Mahé, j'aimerais connaître ton opinion sur cette histoire des *Lettres françaises*.»

Jeannette a ponctué son invitation d'un de ces rires argentins dont elle use, a remarqué Mahé, quand elle cherche à se faire passer pour ce qu'elle n'est pas, une âme légère incapable de manigancer la perte de quiconque.

«Bon, voilà, dit-elle dès que Mahé s'est glissé à ses côtés, Lecœur a menti sur Maurice. Il ne lui a jamais parlé des *Lettres françaises*. Et pourquoi Lecœur l'a-t-il fait, demanderez-vous? Tout simplement parce qu'il veut obliger Aragon à s'interroger sur la solidité des liens d'amitié qui l'unissent à mon époux. C'est un fouteur de merde. Et ça ne peut pas continuer. Il va falloir y veiller.»

Originaires eux aussi du Nord, Grandes-Oreilles et Perplexe sont des proches de Lecœur.

Si Jeannette parle aussi crûment devant eux, elle ne le fait, comprend Mahé, que pour jauger leur fidélité. Dans l'art de retourner les consciences, Jeannette n'a pas sa pareille. Marty l'a découvert à ses dépens quand son secrétaire particulier, son âme damnée jusqu'à ces derniers mois, a fourni aux *revizors*, sur la pression douceureuse de Jeannette, un dossier d'accusation des plus complets contre son patron.

Mahé sait aussi que la même Jeannette a approché depuis peu la femme de Marty qui n'a pas caché à quelques-unes des camarades de sa cellule combien la vie était difficile avec un paranoïaque qui vous crie dessus à tout propos.

« Jusqu'à quand restes-tu à Paris ? demande Grandes-Oreilles en profitant d'un moment de silence.

– Au plus tard dimanche, je serai reparti », répond Mahé que la question a agacé comme le laisse entendre le regard qu'il échange avec Jeannette.

« Je dois appeler Moscou demain matin, poursuit-il. À ce propos, est-ce qu'il me sera possible de le faire depuis le bureau du maire ? »

Aucun problème, tranche Jeannette avant d'inviter le duo, mais sur le ton du commandement, à la laisser seule en compagnie de Mahé.

« Tu sais, puisque tu n'étais pas libre ce soir, je me suis rabattue sur Louis, mais sans inviter mes sœurs. Je veux le sonder, tu comprends, et le rassurer. J'espère qu'il viendra seul, sans sa femme (elle n'ose pas dire "la Cabriolet"). »

Décidément, la malchance s'acharne.

« Tu n'as pas changé d'idée ? Parce que, sinon, tu peux en être aussi. Ce serait bien que vous vous connaissiez mieux tous les deux. »

N'est-ce pas ? pense Mahé qui se retient de lui apprendre qu'Elsa n'est pas en France.

« Simple curiosité de ma part, Hervé : le bout de papier que tu as déchiré si méticuleusement tout à l'heure, eh oui, j'ai le regard perçant, c'était bien un mot doux ? Un mot de la femme à cause de qui tu refuses de dîner avec moi, hein ? Une femme qui est des nôtres, donc. Et qui s'interdit de manifester publiquement ses sentiments. Comme c'est romantique… Ah, non, ne t'avise pas de me détromper, mon cœur de midinette en souffrirait ! »

Viens donc nous voir ce soir dans les jardins du Palais-Royal, tu en seras tout éblouie, midinette, brûle de lui dire Mahé, mais il se contente de baisser les yeux.

« S'il en est un qui sait me faire rêver, continue Jeannette, c'est bien Louis. Maurice aussi a ce don-là… Ce sont, comment dire, des frères de style. »

Sur le moment, cette idée d'une fraternité stylistique entre les deux hommes avait fait sourire Mahé. Puis, il n'y avait plus pensé jusqu'à ce jour de décembre 1956, la veille de son embarquement pour le Chili, où dans l'une des publications oppositionnelles qu'il s'obligeait à lire par nécessité il trouva un bien curieux article sur l'œuvre clé de Maurice Thorez, *Fils du peuple*, dont les rééditions successives dépassaient alors le million d'exemplaires. C'est d'ailleurs sur la foi d'un tel succès qu'Aragon se sentait obligé, en face d'auditoires catholiques, de dire du style de Thorez qu'il conjuguait harmonieusement, sinon audacieusement, les influences de Vallès et de Péguy, de Zola et de Bernanos. Or, en décembre 1956, voilà qu'un exclu de fraîche date éventait la mèche : *Fils du peuple* avait été écrit par Jean Fréville, comme chacun aurait dû le constater en décodant l'acrostiche figurant aux pages 36 et 37 du livre, dans l'édition qui se vendit jusqu'en 1949.

Ainsi quand Thorez, le « frère de style d'Aragon », décrivait un paysage de sa jeunesse – « Ferrailles rongées et verdies, informes lacis, larges entonnoirs aux escarpements crayeux, ravinés, immenses tranchées creusées en labyrinthes, infranchissables vallonnements, ravagés, embroussaillés » –, il fallait lire : « Fréville a écrit ce livre. »

6

Au contraire de ce que laissait entrevoir la matinée, il ne pleut plus.

Après s'être garé le long de la Seine, Mahé s'attarde sur le quai Malaquais d'où la vue sur les alentours l'a toujours subjugué quand le jour décline à la fin de l'été.

Pas très loin de là où il se tient, au dernier étage d'un immeuble de la rue Visconti, à l'étage des chambres de bonne, dans la nuit du 19 au 20 août 1944, Mahé s'était endormi pour la dernière fois dans les bras de Marc, et tandis qu'il écoute le bruit du fleuve, des clins d'œil, des mimiques boudeuses, des tendresses, lui reviennent à l'esprit et attisent sa nostalgie d'une époque où le doute ne l'effleurait pas.

Où il s'imaginait un avenir moins ténébreux.

Moins voué à l'indicible.

Dans la librairie, celle dans laquelle Aragon lui a offert *Le Con d'Irène*, Mahé cache mal sa surprise de découvrir, trônant derrière le bureau Empire, le sosie de Mouloudji, et non le sémillant sexagénaire de la veille auquel pourtant, tout à l'heure, il a téléphoné en quittant Montreuil pour l'avertir de sa venue.

Ça l'étonne, et en même temps ça lui fait chaud au cœur car *Le mal de Paris*, le grand succès de Mouloudji, lui arrache des larmes chaque fois qu'à Moscou il parvient à l'entendre sur les ondes courtes de Paris-Inter.

La réalité est différente.

Le sosie ne chante pas : « J'ai le mal de la Seine/ qui écoute mes peines/Et je regrette tant/les quais doux aux amants. »

Le sosie se déclare l'« associé (et plus, se dit Mahé) de M. Capron, lequel a dû se rendre en urgence chez un confrère pour une expertise ». Mais le sosie sait ce que Mahé est venu chercher. Le temps d'aller faire un tour dans la réserve, et il le lui rapporte.

« Permettez ? » et le sosie disparaît.

La sonnette de la porte d'entrée se fait alors entendre tandis que surgit une jeune femme aux longs cheveux bruns.

« Vous êtes seul, monsieur ? demande-t-elle.

— Pas vraiment. L'associé de...

— Vous voulez parler de Dlimi ?

– Si c'est son nom, eh bien, oui, Dlimi n'est pas loin.

– Dans la réserve, donc. »

Mahé acquiesce d'un hochement de tête.

La jeune femme va ensuite s'asseoir dans le fauteuil du dénommé Dlimi.

Tout dans son comportement atteste de cette aisance de classe dont le communiste est dépourvu.

Elle se comporte en maîtresse de maison, et peut-être même en maîtresse tout court.

Mahé se serait-il trompé sur la nature du sosie ?

« Voici votre commande, Monsieur. La couverture, M. Capron a dû vous prévenir, est légèrement écornée, et plus d'un passage à l'intérieur a été souligné, mais au crayon papier, par le destinataire auquel il est dédicacé… Un certain Leurtillois, me semble-t-il.

– Leurtillois, dites-vous ?

– Si je lis bien.

– Vous permettez ? »

Et, sans attendre la réponse de Dlimi, Mahé s'empare de *La Chambre de l'évêque*, l'un de ces romans de gare qu'écrivait au début des années trente Marguerite Toucas-Massillon, la mère de son amant.

Mahé lit la dédicace. Elle est banale. « Avec toute la tendresse d'une vieille amie. » Par contre, l'identité du dédicataire ne l'est pas.

Leurtillois !

Aragon ne va pas en revenir quand je le lui offrirai, se dit Mahé en refermant le livre.

« Vous en voulez combien ?
– Oh, vu son état, ça ne vous coûtera pas cher. Disons deux cents francs ?
– D'accord.
– M. Capron m'a prié de vous demander si d'autres livres de cette dame pouvaient vous intéresser.
– À franchement parler, non. »
Mahé sort de son portefeuille deux billets de cent francs et les tend à Dlimi. Croisant alors le regard de la jeune femme, il y lit de l'effronterie autant que de la gourmandise, un comportement qui le surprend. Et lui déplaît. Il est clair que cette créature n'a qu'une idée en tête, prendre langue avec lui.

Houlà ! Pas de ça, Carlotta !

L'homme que tu dévores du regard appartient à la race des *invisibles*, il ne parle pas aux inconnues.

Mahé devrait fuir, mais impossible, il doit attendre que Dlimi ait fini d'emballer son achat.

Quant à l'envoyer paître, c'est exclu, pas d'esclandre en public, jamais, aussi ne lui reste-t-il plus qu'à se replier vers les rayonnages réservés à la littérature contemporaine. C'est ainsi qu'il tombe sur *En URSS 1936*. Tout en le feuilletant, il cherche à se rappeler qui lui avait parlé de son auteur en le traitant de traître, d'alcoolique, de morphinomane et, histoire de faire bon poids, d'abominable

inverti. N'était-ce pas Ehrenbourg ? Ça lui res-
semblerait assez. Un ennemi du peuple ne peut être
qu'un pédé, d'accord, camarade Mahé ? D'accord.

« Voici votre paquet, monsieur. »

Mahé remercie Dlimi et s'éclipse.

« Attendez-moi, s'il vous plaît... Accordez-
moi deux petites minutes. Je crois que nous nous
connaissons. »

Pour le coup, il est obligé de s'arrêter et de se
laisser rattraper.

Ça alors, où ont-ils pu se rencontrer ? Nulle
part ! Ils ne sont pas du même monde.

Maintenant qu'ils se font face, Mahé se dit
que sa beauté à la Maillol doit lui rallier tous les
suffrages.

« Voilà, je suis certaine que vous avez fait la
guerre et que... »

La guerre !

« Oui, je l'ai faite, la coupe assez sèchement
Mahé. Comme tout un chacun.

– Non, pas comme tout un chacun. Nous
n'étions pas si nombreux. Qu'importe, oublions,
ne jugeons pas, je déteste ça, juger. Moi-même, j'ai
servi dans la Légion, j'étais brancardière, d'abord
en 40, puis après le débarquement en Provence, dès
septembre 44.

– Désolé, mais je n'ai pas été légionnaire.

– Oh ! je sais.

– Vous savez ?

– Oui, je sais, et plus je vous regarde, plus je le sais. Vous, vous étiez avec les Fabiens. Je ne me trompe pas, n'est-ce pas ?

– Je n'aime pas cette expression, "les Fabiens", mais, c'est exact, j'ai servi sous les ordres du colonel Fabien, d'abord au sein du Groupe Tactique Lorraine, puis avec la 1ère Division du général de Lattre.

– Eh bien, mon régiment de marche de la Légion faisait aussi partie de la 1ère Division, et c'est à cause de cela que je vous ai croisé.

– Où ? En Alsace ?

– Exactement. Près de Mulhouse. Vous étiez lieutenant, si je ne m'abuse.

– Lieutenant, si l'on veut...

– Et vous pleuriez. À chaudes larmes. Or de ma vie, certes elle n'était pas longue, jamais je n'avais vu un homme pleurer, un homme qui ne cherchait pas à s'en cacher. Au volant de cette Jeep, vous étiez l'image même du guerrier terrassé, vous étiez Achille pleurant la mort de Patrocle.

– Quel lyrisme ! Seriez-vous méridionale ?

– S'il vous plaît ! Alors, vous rappelez-vous cette scène ?

– Hélas, oui, c'était très exactement le 28 décembre 1944, je venais d'apprendre la mort, survenue la veille, de Fabien, mon chef et mon ami.

– Je vous avais dit deux minutes, je vois (elle a jeté un coup d'œil à sa montre) que j'ai utilisé le temps qui m'était alloué, aussi je vous rends votre liberté. Filez. Non. Une dernière question, tout de même. Êtes-vous resté dans l'armée ?

– J'ai quitté l'uniforme à la fin de la guerre.

– Qu'êtes-vous devenu en dehors de vous intéresser aux livres de la mère de Louis… Aragon ?

– Je suis devenu contrôleur du fisc.

– Il suffit, merci, mais, puis-je vous donner un conseil ? Apprenez à mentir, lieutenant !

– Au revoir, madame.

– Mademoiselle. »

7

Aragon n'avait choisi Le Nemours que par commodité. Le temps d'un verre, et il aurait emmené Mahé dans ce petit appartement de la rue de Montpensier que lui a prêté Cocteau pas mécontent de lui voir ôter son masque. Mais le changement de programme imposé par Jeannette a bouleversé ses plans.

Le Nemours est un café assidûment fréquenté par les pensionnaires de la toute proche Comédie-Française. Aragon s'y rend souvent, et il y a sa cour. Par trois fois déjà, on est venu le saluer, cher camarade, cher maître, cher ami, et par trois fois il s'est montré le plus poli des hommes. Il continuera de jouer le jeu tant qu'il sera seul. Le temps lui est compté, Jeannette l'attend à 20 heures dans un restaurant à une bonne quinzaine de minutes du Nemours, même en forçant sur l'allure.

Et par-dessus le marché, râle-t-il, Tristan est en retard.

Ah, enfin, le voici.

Fichtre, qu'il me plaît !

Les deux hommes ne s'embrassent pas comme ils en meurent d'envie, mais ils se donnent l'accolade. Chez les théâtreux, c'est une pratique courante, personne ne la relèvera, et elle a au moins l'avantage de leur permettre de se sentir et de se toucher.

Mahé s'excuse de son retard, la faute à un connard dont il a légèrement éraflé l'aile arrière gauche en faisant un créneau devant le Conseil d'État, un connard qui a exigé un constat.

« Moi aussi, on m'a accroché, grimace Aragon. Une admiratrice ! Le classique bas-bleu me citant ceci, cela, et me faisant reproche, en minaudant, de ne pas avoir écrit la suite des *Voyageurs de l'impériale*. Non mais tu te rends compte, de quoi se mêle-t-elle ? Et ce n'est pas tout, elle m'a ensuite raconté qu'elle avait forcé son pauvre mari à apprendre par cœur *Les Yeux d'Elsa*, sa bible m'a-t-elle juré. Misère de misère ! Pourquoi n'ai-je pas embrassé la profession de boucher ? Je me vois. Les mains pleines de sang et le couteau affûté... Un petit steak pour la dame ? Et un nonos pour le gentil clébard ? Sale bête ! »

« Bon, et toi ? demande Aragon.

– Moi aussi, j'ai rencontré une femme.

– Pas d'infidélité, hein !

– Figure-toi qu'elle a servi comme brancardière dans la Légion étrangère et qu'on s'est croisés en Alsace en décembre 44.

– Voilà qui est bizarre, j'en connais une, moi aussi. Très belle.

– Comme la mienne.

– Alors, c'est la même. Encore un signe !… Et tu l'as rencontrée où ?

– Dans la rue.

– Laquelle ?

– Arrête. Serais-tu jaloux ? Tu aurais tort. Plus sérieusement, t'es-tu remis de l'attaque de Lecœur ?

– Je vais le dénoncer.

– Tiens donc ! Et comme quoi ?

– Comme agent stipendié de la nullité mondiale.

– Ils sont nombreux dans son cas.

– Oui, mais, lui, c'est le Goebbels de la nullité.

– Vouah, comme tu y vas ! Mais ne t'inquiète pas, dans un an, un an et demi au maximum, il n'existera plus.

– Je te le redis, parce que je ne peux pas faire autrement que te le redire : tu as de beaux yeux, tu sais ?

– Tu me fais ton Gabin, là ? Mais si tu es Gabin, je suis qui, moi ? Morgan ?

– Certainement pas… Dis-moi, aimes-tu le cinéma ? Y vas-tu ?

– À Moscou, très rarement, mais à Paris, quelquefois.

– Aurais-tu vu, l'année dernière, *Une place au soleil* ? C'est un film américain assez prêchi-prêcha, mais l'acteur qui joue dedans, Montgomery Clift, est aussi séduisant que toi. Donc, non, tu n'es pas Morgan, tu es Montgomery ! Monty, comme ils disent paraît-il...

– J'ai un cadeau pour toi. »

Aragon déchire avec empressement le papier noir – « Je reconnais ce papier », fait-il – qui enveloppe *La Chambre de l'évêque* mais, lorsqu'il découvre le roman de sa mère, il est déçu. Bien qu'il se contraigne à une exclamation joyeuse, « Mince ! Formidable ! », Mahé n'est pas dupe, la crispation des lèvres ne lui a pas échappé.

Il devrait en être navré, il l'est, et il ne l'est pas, il lui reste l'arme de la dédicace. Grâce à elle, il en est convaincu, Aragon lui embrassera les mains.

Il ne s'est pas mépris.

« Leurtillois ! Leurtillois ! ne cesse de répéter Aragon. Mais comment est-ce possible ? Aurélien Leurtillois, c'est moi... c'est Drieu (Mahé ne bronche pas, il est au courant de leur relation), ce n'est pas un ami de ma mère ! Ça ne peut pas l'être. Ou alors... À moins que... Ce serait trop fantastique ! »

Il n'en dit pas plus.

Ouvrant le roman, il en lit les premières lignes tandis que Mahé allume une Chesterfield.

« Quelle heure est-il ? s'interrompt Aragon. Quoi !… Presque 7 heures et demie. Merde ! Il va me falloir bientôt partir. Ne restons pas dans ce bar, au milieu de tous, sortons. Allons nous aérer, nous toucher. »

À peine sont-ils dans les jardins du Palais-Royal, que Mahé enlace Aragon et l'embrasse à la hussarde, sans retenue ni délicatesse.

Ils ne se séparent que lorsque le souffle leur manque, mais ils ne s'écartent pas l'un de l'autre, ou si peu que ça ne compte pas. On devine à leur attitude que plus rien n'existe en dehors d'eux. Ils n'ont rien à envier à leurs voisins, peut-être une actrice et son amant, qui malgré le secours du montant de l'arcade se soutiennent pour ne pas tomber. Sans quitter des yeux Mahé, et la main sur sa hanche, Aragon soudain prononce ces quelques mots :

« Entre nous, mon grand chéri, notre histoire, c'est quoi ? Un coup de foudre ?

– La vraie question, ce n'est pas de savoir si c'est un coup de foudre, la vraie question, c'est de se demander s'il y aura un lendemain. J'ai envie de te répondre que oui, mais, tu le sais, nous sommes des clandestins et nous sommes condamnés à le rester. »

Aragon se tait. Il ne veut retenir qu'un mot. Condamné. Et c'est vrai, qu'ils le sont, condamnés.

« Dans ces conditions, pourquoi ne me tuerais-tu pas et comme ça… ?

– Comme ça, quoi ? grogne Mahé. Quelle foutue idée ! Et après, je fais quoi ? Je me tue, peut-être ?

– Peut-être. Mais avant, nous devrons faire l'amour encore une fois… Mon petit, je suis fou de ton corps. »

Ils s'embrassent.

Moins longuement que la fois précédente.

À peine se sont-ils désenlacés que Mahé propose à Aragon de le conduire jusqu'au restaurant… Surtout pas, Jeannette reconnaîtra ta voiture… Eh bien, je peux faire un bout de chemin avec toi… Encore plus mauvais, nous nous arrêterions sous toutes les portes cochères, quittons-nous dans ces jardins, c'est un bel endroit pour une scène d'adieux, non, ne m'embrasse pas, nous n'en finirions pas, mais permets-moi tout de même de te serrer contre moi.

Mais alors qu'ils s'éloignent l'un de l'autre, Aragon rappelle Mahé :

« Reviens, s'il te plaît. Il me reste deux choses à te dire. Primo, Elsa m'a prévenu par télégramme qu'elle rentrait après-demain dans la matinée. Tu dois la rencontrer, j'y tiens, je le veux. Viens dîner à la maison. Ou passe nous prendre samedi vers 11 heures, on ira ensuite déjeuner dans le quartier.

– Je préfère cette solution. Cela étant, ce sera bref. Je vais sans doute regagner Moscou samedi en fin d'après-midi.

– Ça ira… Secundo, voici une lettre que je t'ai écrite après ma prise de bec avec Lecœur. Jure-moi de ne pas la lire avant demain, et même de ne la lire qu'après le début des travaux. Tu le jures ?

– Juré.

– Que vas-tu faire de ta soirée ? De ta nuit ?

– De nouveau, la jalousie… J'ai le choix : ou le théâtre ou un garçon aux Tuileries.

– Salaud !… Et pourquoi as-tu attendu aussi longtemps pour me dire que tu disparaissais samedi ?

– Je viens de le décider.

– Pour quelle raison ?

– Pour obtenir de revenir plus vite.

– Qu'as-tu en tête ?

– Presse-toi, tu vas être en retard. »

Jeudi 4 septembre 1952

Aragon : La pédérastie me paraît, au même titre que les autres habitudes sexuelles, une habitude sexuelle. Ceci ne comporte de ma part aucune condamnation morale, et je ne trouve pas que ce soit le moment de faire sur certains pédérastes les restrictions que je fais également sur les « hommes à femmes ».

Breton : Je m'oppose absolument à ce que la discussion se poursuive sur ce sujet. Si elle doit tourner à la réclame pédérastique, je l'abandonne immédiatement.

(« Recherches sur la sexualité,
soirée du 31 janvier 1928 »,
La Révolution surréaliste, n° 11)

1

Au lieu de s'engouffrer dans le parking souterrain de la mairie de Montreuil, Mahé accélère et file se garer trois cents mètres plus bas, devant le Gévaudan, le bar du boulevard Rouget-de-Lisle où il se sent de plus en plus chez lui.

Même un *invisible* a besoin d'un port d'attache.

Mais à cause de quoi, ou de qui, a-t-il agi de la sorte ?

Irrésistible ou non, d'où lui est venue cette impulsion ?

Et pourquoi ne s'est-il pas repris au dernier moment ?

Ces questions, le Mahé d'avant sa rencontre avec Aragon se les serait posées sitôt qu'il aurait mis un pied sur le trottoir. Or il ne se les pose pas.

Il ne se pose aucune question.

Le temps où il analysait le moindre de ses faits et gestes et s'évitait de commettre des imprudences tant physiques que psychologiques, le temps où il se fiait à sa rassurante grille de lecture politique, ce *modus operandi* qu'il porte en lui depuis ses dix-sept ans, ce temps-là lui semble révolu. Les dés ont roulé, Mahé a cédé à la tentation de l'inconnu, et il l'a fait de gaieté de cœur.

En ce jeudi 4 septembre, la lettre de son amant contre sa cuisse, dans la poche de son pantalon, il n'est plus sûr que d'une chose : s'il ne consent pas à la perte de ses ultimes défenses, Aragon se détachera de lui.

2

À la tribune, Jeannette, elle n'a accepté de présider la séance du matin qu'après de lassantes dérobades (sur l'air de « Mais qui suis-je pour mériter un tel honneur ? »), Jeannette donc se prépare à donner la parole au premier intervenant.

C'est un ancien instituteur, le comité central en recense plus que n'importe quelle école normale.

Celui-ci a su se montrer courageux contre l'Allemand mais, au sein de son parti, il s'est toujours interdit de cracher contre le vent. D'où le surnom d'Hélas que lui a donné Pannequin. Il le mérite puisque, comme il vient de le dire, il n'a décidé de monter à la tribune que pour approuver la ligne défendue hier par Lecœur.

Sus au sectarisme, sus à l'opportunisme !

Mahé ne lui prête pas attention, il serre entre ses mains la lettre d'Aragon qu'il vient de décacheter.

Tout de suite, dès les premiers mots, le sang lui monte à la tête, il a chaud, puis froid, il se sent vidé de son sang, puis il ressuscite, et, maintenant qu'il replie la lettre, il ne respire que par bouffées, comme un poitrinaire qui s'accroche à la vie.

Glissons-nous derrière lui et découvrons cette lettre que Mahé jurera avoir brûlée sur l'injonction de son signataire :

« Mon chéri, mon grand chéri,

« Jamais autant que ce soir je n'ai ressenti le besoin de tout dire.

« Jamais je ne me suis senti autant décidé à rompre avec l'hypocrisie. Je suis double, tu l'as compris au premier coup d'œil.

« Un jour ou l'autre, tôt ou tard, il faudra, je le sais, que je tue mon double. Que je coupe la tête à l'apparence.

« En attendant ce jour, voici ma confession :

« Je t'ai aimé lorsque je ne te connaissais pas encore.

« Je t'ai aimé lorsque tu venais dans mes rêves sombres, ton corps dénudé et pourtant, alors, encore inexploré.

« Je t'ai aimé avec passion, cette passion qui n'a eu d'égale que la violence qui m'a poussé vers toi quand tu es apparu.

« Je t'aime.

« Je t'aime contre tous.

« Contre tout.

150

«Je t'aime contre ces pâles figures qui osent se mettre entre nous.

«Je t'aime contre moi, sur moi, en moi, le maladroit artisan de l'amour.

«Mon grand chéri, je ne saurai plus écrire sans toi.

«Or tu es sur le point de partir.

«Aussi faut-il que, tels deux marins que les océans vont séparer, et peut-être engloutir, nous puissions, le temps d'une ultime escale, tout partager.

«À l'heure où tu liras cette lettre, je m'apprêterai à intervenir une nouvelle fois. Sans doute sera-ce vers 11 heures, quand la matinée tirera à sa fin. Auparavant, j'aurai averti Jeannette que je me sens mal, que je dois aller me reposer, et je m'en irai jusqu'à la sortie du parking devant lequel je t'attendrai à l'image du permissionnaire guettant son amour.

«Imite-moi. Saute le pas. Prends garde cependant de ne pas te laisser aller dans la précipitation à un acte irréfléchi. Il ne s'agit pas, mon chéri, de courir à la mort mais de vivre. Mais quel besoin ai-je de te faire la leçon ? C'est toi, le héros.

«On n'a qu'une chance. Ne la ratons pas.

«Je suis déjà dehors, je t'attends, mon Tristan.

«Gérard.»

Aragon a raison sur le fond, pas sur la méthode, se dit Mahé en glissant la lettre dans sa poche.

Ah, non ! Retire ces mots, ne pense pas, ne pense plus en médiocre, regarde-toi, tu n'es que désir, voici la seule réponse qui importe. Aragon a raison sur tout, et pour tout. Nous ne devons pas rater notre chance. Moi le premier.

Mais...

Halte-là, Mahé, il n'y a plus de « mais ».

Désolé, il y a encore des « mais ». Au moins un. Je reprends. Aragon, on le croira, et on le laissera partir sans s'émouvoir puisqu'il aura obtenu la bénédiction de Jeannette. Même Lecœur ne sera pas mécontent de le voir s'éloigner. Bon débarras, l'emmerdeur ! Mais, moi, c'est ma pièce qu'ils vont interpréter cet après-midi. Ce procès, j'y suis pour beaucoup. Comment pourrais-je me justifier de ne pas y assister ? Excusez-moi, camarades, je dois m'en aller baiser avec un autre membre du comité central. Et ce n'est pas une femme, c'est un homme. Putain, la claque ! Putain, la curée ! Au poteau, le Mahé. Au poteau ! Qu'on lui coupe la bite et qu'on la lui fourre dans la bouche !

Et c'est la mère Vermeersch – hein ! quoi ! mon gendre de rêve ! une fiotte ! une tante ! –, oui, c'est elle qui procédera à la castration, sûr et certain...

Bon, arrête le déconophone.

Arrête, ressaisis-toi, et planifie les tâches, comme tu disais avant qu'Aragon se donne à toi. Un, tu dois le rejoindre. Deux, si tu le fais sans prévenir, tu es brûlé, mort, kaput. Trois, renonce. Quatre, jamais, je l'aime. Cinq, tu te déguises en Elsa et tu… Stop, je dis stop. J'obéis… Six, je convaincs mon pire ennemi que je servirais mieux le Parti de l'extérieur.

En clair, je convaincs Lecœur de m'aider.

Mais avec quel argument ?

Quel mobile ?

Et pourquoi pas avec Tillon ? Mais oui, c'est ça, la solution, Tillon.

D'accord, mais sur la base de quel scénario ?

Invente un informateur. Invente un truc énorme. Si énorme qu'aucun d'entre eux ne songera à le vérifier.

« Aucun d'entre eux. » C'est quoi, ce langage ? Prends garde !

Bon, Tillon. Tu dis quoi ? Je dis que le déserteur est de retour à Paris ! Déjà ? Et si vite ? On s'est trompés, il n'est jamais parti. Non, mauvaise idée, son garde du corps pourrait un jour rebasculer de notre côté, et là, tu serais de la revue.

Tillon, avant de descendre dans le Sud…

Non, laisse tomber Tillon. C'est trop dégueulasse. Tu l'aimais et tu n'as pas cessé de l'aimer. Ça bouge dans ta tête, Mahé, tu le sens, non ?

Ne te dégoûte pas de toi-même. À la longue, ça nuirait à ta liaison. Cherche un meilleur motif.

L'ambassade !

Ça, c'est magique, ça leur file les chocottes, à tous. Même à toi, n'est-ce pas ? Mais ne te sers

153

pas de l'Arménien. C'est un lâche et un connard. Réfléchis encore.

Ta mère est morte !

Mes amis, mes frères, camarades, ma mère est morte.

Pas mal, mais Lecœur s'en foutra. Puisque Aragon se repose sur Jeannette, tu n'as qu'à choisir Duclos. Les mères, ça devrait l'attendrir... Pas si sûr, rappelle-toi qu'il ne verse que des larmes de crocodile, que c'est un professionnel du mensonge.

Écarte Duclos et reviens à Lecœur. C'est lui qui mène la danse. S'il marche, à toi la clé des champs. Mais quoi lui dire ?

Il est quelle heure ? 10 heures 20. Faut que ce soit réglé fissa, sinon c'est cuit.

J'ai une idée.
Aragon.
Comment ça, Aragon ?
Lecœur le vomit. Du coup, je lui glisse dans le creux de l'oreille qu'il m'a été rapporté qu'Aragon allait demander à s'absenter, ce qui est pour le moins anormal. Aussi peut-être serait-il intéressant de le faire suivre, vu qu'il a fait l'éloge de Marty dès *Persécuté persécuteur*, et que, sans doute, dans ce rôle-là je serais le meilleur, etc.

D'accord, et après ? Quoi, après ? Et après, elle se termine comment, la filature ? Eh bien, de la façon la plus simple. Aragon est réellement allé

154

consulter un médecin, et il est non moins réellement rentré chez lui se mettre au lit, donc les soupçons étaient mal fondés. Conclusion, je fais d'une pierre deux coups, je le blanchis et je lui fais l'amour, mais, problème, gros problème, pourquoi est-ce que je ne reviens pas à Montreuil assister à la séance de nuit puisque, moi, je sais qu'il va y en avoir une à cause du procès ?

Bonne question. Et tu réponds quoi ?

Je réponds que je suis resté avec Aragon pour lui tirer les vers du nez sur le secrétariat du Parti… Ou alors, une fois établie l'innocence d'Aragon devant Lecœur, je me tais. Peut-être qu'il ne me demandera plus rien ? Peut-être qu'il se dira qu'il n'a pas à le faire ?

C'est risqué !

Oui, c'est risqué, mais qui ne tente rien se morfond dans la solitude d'une chambre d'hôtel.

Hé, dis donc, Mahé, tu renoues avec le style lycéen boutonneux ?

Da.

Da, je suis amoureux.

« Auguste ! »

Auguste, ça ne s'invente pas, c'est le prénom de Lecœur.

« Auguste, j'ai quelque chose à te dire. »

Au lieu de suivre son plan, son simili-plan, Mahé en improvise de chic un autre, et ça prend. Lecœur opine, il lui tape même sur l'épaule, le signe qu'il accorde sa confiance à son interlocuteur.

155

Simplement, Mahé s'est engagé à repasser en toute fin de journée.

On avisera le moment venu.

Il a foi en son étoile. Pas sûr qu'on le revoie à Montreuil…

Mahé, tu t'égares.

Tu es en train de t'embrouiller. En t'écartant de la règle, tu viens de permettre au relatif de reprendre son travail de sape. Tu dois réagir.

La clé, c'est l'absolu, pas le relatif.

Cesse de jongler avec les mots. Et n'oublie pas le grand travers de Lecœur qui est aussi sa grande qualité. Contrairement à toi, il n'a jamais dérogé à la règle ni au dogme. Il est d'un seul bloc.

Ne te le rappellerais-tu plus ?

Mahé se le rappelle.

Il reviendra à Montreuil.

« La parole est au camarade Aragon », annonce Jeannette.

À ces mots, la salle sort de l'engourdissement dans lequel l'avait plongée le sentencieux Waldeck Rochet venu appeler les militants du Parti, vivraient-ils en HLM, à préparer la Conférence nationale paysanne pour la paix.

« Camarades, je voudrais reparler de ce qu'il faut bien appeler l'affaire Cot. Je tiens à dire avec solennité que dorénavant, aux *Lettres françaises* et à *Ce soir*, comme dans mes autres activités militantes, je me battrai comme un lion, mais oui, contre l'opportunisme, et que je laisse le soin au camarade Lecœur, qui sur ce chapitre dispose de plus de moyens que moi, de combattre le sectarisme. Je voudrais aussi vous donner à voir ma situation réelle aux *Lettres françaises*. Il est certain que je me suis laissé soumettre d'une façon presque constante, et de tous côtés, à l'opportunisme (Jeannette est choquée, pourquoi Louis s'abaisse-t-il?). Par la faute, il est vrai, des intellectuels qui préfèrent parler des matières politiques, parce qu'ils trouvent cela plus noble, plutôt que de s'occuper de leurs ignobles affaires culturelles (sur son cahier, Garaudy écrit: "Qui vise-t-il?"). Dans un autre ordre d'idées, poursuit Aragon, je m'efforce de me tenir à l'écart des gens de mon âge, écœuré de leur routine, et lassé de leurs souvenirs ("Là, pour le coup, bravo! Inutile que je m'ingénie à te tendre des pièges, tu t'en charges", se réjouit Perplexe). Camarades, j'aimerais ajouter, pour terminer, que sans Maurice... »

Mahé ne prête pas attention à la suite du dithyrambe, il est déjà sur le départ.

3

Garé de l'autre côté du boulevard, en face de la mairie, Mahé attend depuis déjà un bon petit moment, mais toujours pas d'Aragon à l'horizon.

C'est à se demander ce qui se passe.

Pourvu que Duclos, peu convaincu qu'il s'agisse d'un simple coup de fatigue, n'ait pas à la dernière minute envoyé chercher un quelconque spécialiste à l'hôpital voisin.

Pourvu aussi qu'Aragon n'ait pas renoncé.

Mahé regarde sa montre. Mince, on en est à un gros quart d'heure.

Dans une minute, il sera midi.

Tout à coup, une autre pensée non moins glaçante s'impose à lui.

La certitude du fiasco.

Même si Aragon le rejoint, leur histoire va se terminer dans les prochaines heures, aucun des deux n'ira jusqu'au bout, et même ils finiront par se haïr.

Ah! Enfin! Respire!
Le voici.
Mais pourquoi a-t-il l'air soucieux?
Non, tu te trompes, il est aux aguets. Ou il joue à l'être.
Rappelle-toi les photos des années Dada dans ce livre de Tzara, c'était déjà sa manière de se distinguer du reste du groupe: la tête penchée vers l'avant, les traits contractés par on ne sait quelle inquiétude et le regard attiré par un lointain inaccessible.
Mahé baisse sa vitre et le hèle.

«Quand je te regarde sans que tu le saches, dit-il à Aragon qui déjà referme sa portière, je ne peux que me rappeler l'un de tes nombreux aveux.
— L'un de mes nombreux aveux? Que veux-tu dire par là? Je n'ai jamais avoué que ce que tu désirais entendre.
— Ne te vante pas.
— Essaie donc de m'arracher un aveu une fois que nous serons parvenus dans quelque ruelle déserte, le coupe Aragon en lui caressant le genou.
— Nous n'y sommes pas encore, le séducteur devra attendre... Je ne sais plus qui, mais quelqu'un qui t'a bien connu dans les années

vingt, a écrit que tu t'étais justifié de ce pouvoir de séduction qu'on t'accordait par ce mot terrible : "Tant pis pour mes faciles conquêtes."

– Excepté, mon grand chéri, que c'est toi qui m'as conquis et que tu n'es pas un amant facile.

– Heureux de te l'entendre dire. »

Montreuil à cette heure-là, ou plutôt en ce temps-là, est un village plein de coins et de recoins. Un éden pour les couples pressés même si la traction avant ne possédait ni sièges inclinables ni vitres teintées.

Quand ils repartent une demi-heure plus tard, chacun a son idée sur le programme de la journée, mais c'est Aragon qui, une fois de plus, l'emporte. Ils n'ont qu'à rouler, dit-il, jusqu'à la rue de Crimée où on leur préparera, il connaît l'endroit, un couscous digne des princes chérifiens, et que nous mangerons avec les mains comme les nomades du désert, et après, quand nous serons repus, affirme-t-il sur un ton quasiment déclamatoire, « nous partirons sans le besoin de ton automobile à la conquête de la nouvelle Mésopotamie ».

Mahé s'en montre ravi et ne le cache pas.

Du jour où il avait découvert *Le Paysan de Paris* jusqu'à son départ pour Moscou, les Buttes-Chaumont avaient été sa promenade favorite, pour ne pas dire son unique lieu de rencontres.

Aux abords de la porte de Pantin, on entend Aragon psalmodier les yeux fermés un verset tiré

160

d'on ne sait quel Coran en l'honneur des faiseurs de mirages.

À quoi Mahé répond, sur le même ton, que rien n'est faux qui soit vrai, et que rien n'est vrai qui soit faux.

«Inch Allah», conclut Aragon en ouvrant les yeux.

Ils ont mangé.

Goulûment.

Mahé a toutefois réclamé des couverts. À leur vue, Aragon ne s'est pas gaussé. Aurait-il rendu les armes ? s'est demandé sur le moment Mahé sans plus y penser par la suite.

Ils ont, bien sûr, parlé de tout. De presque tout. Évitant seulement, mais sans se l'être interdit en termes explicites, la plus petite allusion à la politique.

Et au Parti.

Aragon a tout de suite orienté la conversation vers les «choses de l'esprit», comme il a dit en se moquant de lui mais sans pouvoir une nouvelle fois s'empêcher de monopoliser la parole.

Ni désagréable, ni follement passionnante, quoique instructive par quelques révélations sur Marcel Duhamel et les frères Prévert qu'Aragon avait côtoyés rue du Château entre 1928 et 1929, la prédication ne s'est interrompue que lorsque leur table a été desservie et qu'Aragon est redescendu sur terre.

« Me l'offrirais-tu ? Oui ? Merci, donc tu n'aimes pas le sucré ? » a-t-il dit en s'emparant de la corne de gazelle qui accompagnait le thé à la menthe de Mahé.

Mahé s'est alors décidé à endosser l'habit du gribouille, un emploi dans lequel il avait souvent brillé à Henri-IV.

« Tu m'as déjà posé la question sur le sucré… À mon tour de t'en poser une. Une que tu apprécieras moins, infiniment moins, que la pâte d'amandes. Dis-moi, pourquoi rejettes-tu Balzac ? Et Flaubert aussi, si je t'ai bien lu ? »

Aragon déglutit, puis pousse un long soupir. Il paraît accablé. C'est ce que Mahé espérait.

« Ce n'est pas tant ta question qui me peine que le ton sur lequel tu l'as formulée.

— Ne me supporterais-tu que réduit au silence ?

— Tu me cherches querelle, là, hein ? Toi, tu as envie qu'on se dispute.

— Je n'ai qu'une envie : en finir avec les cours magistraux et avoir avec toi un de ces bavardages sur l'oreiller que nous n'avons pas connus et qui me manquent.

— Ce n'est plus que l'affaire de quelques heures… Donc, Balzac. Eh bien, oui, c'est exact, je l'exècre.

— Or tu en es plus proche que tu ne le penses.

— Comment ça ? Explique-toi. »

S'il voulait être franc avec lui-même, Mahé ne devrait plus dissimuler à Aragon que ses romans le

162

font bâiller, hormis, dans *Aurélien*, les premières pages et les déambulations de Bérénice dans Paris. Aragon n'est pas un romancier, pas un greffier, il est un poète, un voyant, le plus grand de tous depuis Apollinaire, il est le virtuose après lequel les autres surréalistes se sont en vain épuisés.

Que ne le lui dit-il pas ?

Peut-être ainsi pourrait-il l'obliger à confesser qu'il ment, comme pour Proust ?

« Bon, j'attends, s'impatiente Aragon.

– Je voulais te taquiner, c'est tout. J'adore quand tu t'emportes.

– Alors, tu vas être gâté. Balzac, pour moi, n'est qu'une vieille robe de chambre en pilou. Parle-moi plutôt de Diderot. Lui, oui, je le vénère ! Comme Courier qu'on ne lit plus. Ou comme...

– Bien, bien ! Et si on allait aux Buttes ?

– Où ?

– Aux Buttes. »

Aragon étouffe un petit rire.

« Tu sais ce que j'ai cru avoir entendu ?

– Non

– "Et si on allait aux putes", voilà ce qu'il m'a semblé entendre... À propos, est-ce qu'on en trouve encore à Moscou ? Je veux parler des garçons.

– De plus en plus difficilement.

– Donc, Gide avait raison.

– Camarade, surveille-toi. À ce train-là, tu finiras entre deux tchékistes.

– Et ce sera toi, je suppose, qui me donneras le coup de grâce ? »

Mahé se livre à une grimace comique avant de se retourner vers le serveur, un longiligne et troublant Berbère aux yeux bleu lavande :

« L'addition, s'il vous plaît. (Et à Aragon :) Cette fois, elle est pour moi.

– Pas question. Ne me prive pas du plaisir de payer. Et de laisser un gros pourboire à ce bel enfant des douars. »

4

Ils sont entrés aux Buttes par la petite porte de la rue Manin, « celle que préférait Crevel » a dit Aragon sans en ajouter davantage.

À compter de ce moment-là, l'espoir de Mahé d'avoir droit à une version augmentée du *Paysan de Paris* s'est vu rapidement déçu. Des rares propos échappés de la bouche d'Aragon, il n'a appris qu'une chose : du temps du groupe surréaliste, les Buttes-Chaumont restaient ouvertes la nuit. Il s'était attendu à plus. À beaucoup plus. N'avait-il pas la chance de marcher à côté de l'homme qui s'était vanté d'avoir été « dans la bouche de l'Océan une chique perpétuelle entre ses récifs et ses salives » ?

D'où son désappointement, et son incompréhension. Le tout, pour curieux que cela paraisse, engendrant puis nourrissant mètre après mètre un fort sentiment de culpabilité. Comme quoi, souvent la peur de trop parler nous entraîne dans le pire.

Sur le pont des Suicides qu'Aragon et Mahé viennent à présent de rejoindre, n'importe qui en les découvrant murés dans leurs pensées respectives en conclurait à coup sûr qu'il n'existe aucun lien entre eux, et qu'il s'agit de promeneurs réunis par le hasard.

C'est pourtant un autre scénario qui est sur le point de s'organiser.

Sans en avoir un seul instant prévu les conséquences, les deux hommes vont en effet bientôt aborder aux rivages de la grande transgression, là même où ils s'étaient toujours refusés de se produire.

« Pourquoi souhaites-tu que je rencontre à tout prix Elsa ? demande soudain Mahé.

– Pour qu'elle t'aime, mon grand, pour qu'elle te désire, et que tu lui octroies ce que je ne parviens pas à lui donner, ce que je n'ai pas envie de lui donner », réplique, péremptoire, Aragon.

L'un et l'autre mesurent la gravité de l'aveu. Mais si Mahé ne fait pas écho à Aragon, ce n'est pas parce qu'il s'est pétrifié, c'est parce que, avec tendresse, il enserre de ses mains le visage de son amant.

« Mais pourquoi l'avoir choisie, elle, et pas une autre ? reprend Mahé. Et, surtout, pourquoi avoir choisi de te mettre en ménage avec une femme ?

– Parce que j'avais besoin d'un rempart...

– Explique-toi, je ne comprends pas.

– Je vais essayer. Ah, faut-il que je t'aime pour me replonger là-dedans ! Écoute bien, en 1930, je voulais rompre avec le groupe, je m'y sentais à l'étroit, je m'y ennuyais, j'avais envie d'écrire des romans. C'était plus qu'une envie, c'était un besoin. Oui, j'avais besoin de me frotter à cette littérature que Breton, à la terrasse du Cyrano, vouait jour après jour aux gémonies.

– Tout aussi bien tu aurais pu le faire sans renier ta nature, sans raturer ton moi. Rompre avec le groupe surréaliste et écrire des romans n'impliquait pas la bague au doigt. Regarde Queneau. Ou même Caillois, Bataille, et...

– Sans Elsa, je n'aurais pas osé en finir avec Breton. C'est elle qui m'a choisi, qui m'a élu, et c'est elle qui a rendu durable mon union avec le Parti. Tu ne le sais sans doute pas (Mahé le sait), mais j'avais adhéré en janvier 1927 au PCF, puis sous l'influence de Breton et de Péret, qui en étaient eux aussi membres, j'avais pris mes distances. Il est vrai qu'en 1927 le Parti n'était qu'un ramassis d'esprits bornés, de brutes avinées... Trois ans plus tard, à Kharkov, en 1930, je me suis définitivement attaché à Elsa et au communisme. L'un n'est pas allé sans l'autre... Les imbéciles pensent que j'ai trahi Breton. Or, si quelqu'un a été trahi, c'est bien moi – attention, je ne parle pas de mon engagement politique, sans le Parti j'aurais été perdu. Il n'en demeure pas moins qu'en me faisant passer pour ce que je n'étais pas, je me suis dépersonnalisé, point final.

– Non, pas de point final, puisque tu es de retour.

– Mais est-ce que je ne renoncerai pas de nouveau ?

– N'attends pas de moi que je réponde à ta place, d'autant qu'il est tout à fait possible que ce soit moi qui m'écarte le premier.

– Mourons ensemble, je te l'ai déjà dit. C'est le meilleur moyen d'entrer dans l'histoire. Regarde Vaché, Rigaut, Crevel, le suicide les a rendus immortels.

– Je ne le peux pas. Je le dois à Marc.

– Un jour, tu m'en diras plus sur lui ?

– Promis.

– Si tu le permets, je vais te poser une question à laquelle tu n'es pas obligé de répondre. Je peux ?... Comment toi, Tristan, à la place qui est la tienne, t'accommodes-tu de ton mensonge ?

– Tu veux dire : moi qui suis censé être le prototype du fidèle militant ? Moi qui me suis engagé sur l'honneur, et sur ma vie, à tout faire pour que triomphe la vérité ? Eh bien, je ne m'en accommode pas. J'en souffre. Atrocement, certains jours. Mais un révolutionnaire ne doit-il pas souffrir pour la cause ?

– Tu aimes ça, souffrir ?

– Non. Pas plus que toi.

– Pas plus que moi ? C'est à voir.

– C'est tout vu... Dis, il est tout de même étrange que nous ayons cette conversation sur ce pont ! J'ai raison, n'est-ce pas ? Bon sang, c'est toi le poète. Qu'attends-tu pour me sortir l'une de tes théories oniristes ? »

Pour toute réponse, Aragon se jette dans les bras de Mahé et lui mange la bouche dans un baiser enflammé.

« Allez donc faire vos saletés ailleurs, vous deux ! Pensez aux enfants, nom de nom ! »

Mahé s'arrache à l'étreinte d'Aragon et se retourne vers l'emmerdeur. Celui-ci, la cinquantaine cravatée, décorée, rasée de près, lui semble avoir encore l'âge de recevoir une paire de gifles. Excellent, que justice soit faite ! La main levée, Mahé fait un pas en avant. En face, on recule prudemment. Ce que voyant, Mahé reprend son sang-froid, mais il lui faut tout de même avoir le dernier mot, et il le crache : « *Sure, sure, such carping is not commendable.* Tu ne comprends pas ? Tant pis pour toi, mais c'est faire beaucoup de bruit pour rien, petit Français. Si encore on s'enculait ! »

Tandis que le quinquagénaire se dérobe à leur vue, Aragon pouffe de rire et applaudit en criant : « Bravo, bravo ! »

Comme ils quittent l'île du Belvédère, Mahé exige tout à trac d'Aragon qu'il lui fournisse, à défaut d'une théorie oniriste, un suivi des opérations pour le reste de leur après-midi.

« C'est qu'à bien y réfléchir, poursuit-il, faire l'école buissonnière n'a de sens que si l'on est capable de rivaliser avec l'Alice du *Pays des merveilles*, ou alors autant courir s'enfermer dans une salle de cinéma…

– J'ai compris, rétorque Aragon, tu veux que je sois ton Lewis Carroll. Comment n'en serais-je pas enchanté, moi qui ai traduit *La chasse au Snark* alors que tu faisais probablement tes premiers pas dans ce qui ne s'appelait pas encore un youpala ?… Un suivi des opérations, pour citer tes propres mots, nécessite de la discipline. Donc, pour commencer, interdiction définitive d'utiliser la voiture. La redécouverte du merveilleux exige des jambes de fantassin. Tu les as. Moi aussi. Sur ce, mettons d'abord le cap sur le boulevard Montmartre et son passage des Panoramas. Nous devrons, ça va de soi, changer de livre. *Anicet* entre en scène. Tu connais, j'imagine ? »

Mahé se sent obligé de se hausser du col :

« Qu'insinues-tu ? Enfin quoi, quand on a eu vingt ans à Paris, fût-ce sous l'Occupation où les vitrines criaient misère, comment ne pas être allé rêver dans l'un de ces passages vivants où mille appâts nous avaient naguère tentés ? »

Aragon ricane.

« Serais-tu, mon grand, incollable sur l'œuvre de ton vieil amant ? Même Perplexe, le lèche-cul, qui, avant chacune de nos rencontres, se force, je le sais, à relire et à apprendre quelques-uns de mes vers pour me les asséner au détour d'une réplique, ne supporte pas la comparaison avec toi. D'autant

que tu fais cela avec une rare élégance... Dis-moi,
t'es-tu déjà aventuré dans la rue des Dunes ?

– Non... mon amour.

– Encore, encore !

– Mon amour, fais-moi rêver... Allons vers le
désert et ses sables fuyants. »

5

Au moment de traverser l'avenue Simon-Bolivar, Aragon retient Mahé par la manche. « En arrière toute ! s'exclame-t-il. Je ne veux pas qu'il me voie, celui-là ! »

Depuis le kiosque à journaux derrière lequel ils se réfugient, Aragon prononce un nom que Mahé a entendu et prononcé plus d'une fois durant l'été 1944.

Thirion.

Et c'est bien lui. Mahé a fini par l'apercevoir au milieu d'un groupe d'une dizaine de personnes dont il semble être le chef ou, à tout le moins, le guide. Il n'a guère changé, il porte toujours aussi beau.

Des images de ce passé pas si lointain remontent à la surface. Mahé revoit Thirion aux réunions du Comac, l'organisme unitaire missionné par les différents mouvements de résistance pour préparer la libération de Paris. Thirion n'était alors jamais en retard d'un conseil judicieux en matière de stratégie, ni d'une objection de bon sens sur le rôle de la police ou des conducteurs d'autobus quand la paralysie de la ville serait décidée.

« D'où le connais-tu, ce Thirion ? demande-t-il à Aragon sans vouloir lui dire que lui-même l'avait côtoyé un temps (bien que ce ne soit pas un mensonge à ses yeux, Mahé est conscient que chaque non-dit l'éloigne du but qu'il aimerait atteindre, mais Lewis Carroll n'est plus de mise quand Korotkhov vous convoque dans son bureau).
– Il a été membre du groupe surréaliste. Et il logeait, lui aussi, rue du Château. On s'entendait plutôt bien, nous deux, il avait un petit talent de polémiste. Il connaissait par cœur son Marx, surtout son Engels. Il les citait à tout propos. Il n'avait qu'un inconvénient, il était foncièrement jugulaire, jugulaire, et il ne remettait jamais en cause les décisions de Breton. Après Kharkov, comme il louchait du côté de Souvarine et de Trotski, il m'a détesté. Par surcroît, je le soupçonne d'avoir couché avec Elsa, ou d'avoir essayé… Bon, on peut repartir, il a disparu. Sidérant tout de même qu'on soit tombé sur lui et sa bande… Tournons la page. Au feu, au feu, les amis d'autrefois, ne nous préoccupons que de nous-mêmes et de notre quête du bonheur. »
Tu parles ! pense son amant en lui souriant.

En avril 1987, rentré définitivement à Paris, Mahé achèterait le nouveau livre d'André Thirion, *Révisions déchirantes*, la suite de ses *Révolutionnaires sans révolution* dans lesquels les débuts du couple Triolet-Aragon, et le viol du second par la première, avaient été évoqués avec une audacieuse causticité.

Mahé lirait d'une traite *Révisions déchirantes* et y prendrait parfois du plaisir, suffisamment en tout cas pour aller écouter l'auteur, invité à l'un des après-midi de la Fnac, rue de Rennes.

Thirion ne paraîtrait pas le reconnaître quand, à la fin de sa brillante intervention, il s'approcherait de lui et l'interrogerait sur Aragon, mort depuis cinq ans.

« Vous écrivez page 220 que du jour où Aragon devint, grâce à Maurice Thorez, directeur de *Ce soir* en mars 1937, Elsa, rassurée sur les finances du couple, reprit des amants et que presque toutes les relations masculines d'Aragon y passèrent.

– Je vois mal qui pourrait le nier. Et si ça vous amuse, je pourrais même vous citer des noms.

– Je n'ai pas le goût des fiches, mentirait Mahé qui ne cessa jamais, même après sa rupture avec Moscou, de récolter des renseignements sur tel ou tel. Mais êtes-vous si sûr, monsieur Thirion, que le salaire d'Aragon eût été aussi élevé que le comportement d'Elsa vous le laisse supposer ? C'était un salaire de militant, pas le salaire d'un directeur de journal ordinaire.

– Hum, je vois que j'ai affaire à un ancien de la maison… Je veux bien admettre qu'Aragon gagnait moins que Lazareff à *Paris-Soir*, mais toujours est-il qu'à partir de *Ce soir*, Elsa n'a plus eu besoin d'assurer les fins de mois en fabriquant des colifichets pour les maisons de haute couture, et ce d'autant plus que leur loyer de la rue de La Sourdière a commencé à être acquitté par le trésorier du Parti.

– Ne pensez-vous pas que l'infidélité d'Elsa a plutôt rendu service à Aragon qui s'est senti libre de mener une autre vie si le hasard le lui permettait ?

– Vous faites allusion à son homosexualité ?

– Oui.

– À vrai dire, je ne pense pas qu'Aragon ait été l'homosexuel qu'il a semblé être après le décès d'Elsa. C'est plutôt par goût du scandale, par envie de choquer son parti, qu'il s'est affiché en compagnie de tous ces jeunes gens. De tout temps, il a été un grand provocateur. Breton l'enviait, et le redoutait, sur ce plan-là.

– Je doute que son homosexualité se résume à une banale provocation. Vous avez sans doute lu *Le Con d'Irène*… Eh bien, ne croyez-vous pas qu'Irène, ce soit Aragon ?

– Aragon proustien ! Voilà qui est nouveau. À mon tour de m'enquérir de vos lectures. Avez-vous jamais feuilleté *La Révolution surréaliste* ?

– J'en possède une collection.

175

« – Parfait. Vous avez donc lu le débat sur la sexualité.

– Précisément, c'est dans ce débat qu'Aragon laisse deviner son homosexualité.

– J'en suis moins certain que vous, il joue à faire chier Breton. En revanche, ses révélations sur ses faibles érections sont véridiques pour ce que m'en a avoué l'une de ses supposées maîtresses. Aragon bandait mou, mon cher.

– Avec les femmes, peut-être. Mais pas avec les hommes, j'ai moi aussi mes sources.

– Tenez, voici mon numéro de téléphone, appelez-moi, nous en parlerons plus tranquillement qu'ici... Dites-moi, ne nous sommes-nous pas déjà rencontrés ?

– Non, jamais. Au revoir, monsieur Thirion. »

Mahé ne l'appellerait jamais. Il est des souvenirs qu'on ne partage pas.

6

Dans les commencements, l'itinéraire choisi par Aragon a déconcerté Mahé. Ni il n'était direct, ni il n'était attrayant, mais, vite emporté par le flot de paroles du poète, Mahé ne s'en est pas hérissé. C'était un peu l'histoire de son Paris qu'Aragon lui donnait à voir, un Paris lié à de juvéniles émerveillements comme à des événements connus d'une poignée d'initiés.

Ainsi, alors que s'éloignent les fumées de la gare du Nord et qu'ils passent devant l'immeuble où chacun a ses souvenirs (« C'est rue Lafayette, au 120/Qu'à l'assaut des patrons résiste/Le vaillant Parti Communiste/Qui défend ton père et ton pain »), Aragon, après avoir pris à gauche par la rue du Faubourg-Poissonnière, s'engouffre-t-il dans la rue de Bellefond.

« J'ai envie d'une bière », dit-il en guise de justification avant de revenir à son évocation d'Émile

Henry, l'anarchiste que Barrès aurait aimé être, sauf que, une fois parvenu rue de Maubeuge, Aragon remonte, et Mahé avec lui, la rue de Rochechouart sur une vingtaine de mètres, puis tourne dans la rue de La Tour-d'Auvergne.

Parvenu devant le 48, Aragon marque un temps d'arrêt, et embrasse d'un coup d'œil circulaire les alentours avant de maudire la modernité à cause de laquelle les estaminets ferment les uns après les autres.

« Qu'importe, nous boirons plus loin. Regarde bien cette entrée, dit-il en montrant la lourde porte de bois du 48. Elle n'a pas dû changer depuis le fatidique 7 avril 1912 ! Ce jour-là, mon grand, dans cet immeuble, au troisième étage me semble-t-il, la police arrêta un autre anarchiste, Raymond Callemin dit Raymond la Science, il avait à peine vingt-deux ans. Et sais-tu ce que ce survivant de la bande à Bonnot cracha à la face des sergents de ville qui le menottèrent ? "Vous faites une bonne affaire, les fifres ! Ma tête vaut cent mille francs, alors que chacune des vôtres ne vaut que sept centimes et demi, le prix exact d'une balle de Browning !" L'année d'après, sa belle tête, une tête assez dans le genre de celle d'Apollinaire, tombait dans le panier... Viens, nous boirons à sa santé, plus bas, chez un Belge de la rue de Maubeuge, ce sera de circonstance, Callemin était natif de Bruxelles ! »

Leurs pintes avalées, ils ont goûté, et plutôt deux fois qu'une, à une bière du Brabant, claire et amère, Mahé se permet de conseiller à Aragon une autre voie que le Faubourg-Poissonnière, la proximité du carrefour de Châteaudun pouvant leur être néfaste.

Ça rallonge, mais d'à peine une dizaine de minutes, même si l'on flâne.

« Proposition adoptée », dit Aragon qui repart d'un pas de chasseur.

Ah ! les vieux soldats, pense gaiement Mahé qui ne veut pas se laisser distancer.

Pendant ce temps, le premier des trois *revizors* monte à la tribune. Aragon et Thirion l'avaient surnommé Le Pire en 1930 quand cet ouvrier mécanicien débarqué de sa Lorraine natale traquait sur Paris-Sud les opposants à la ligne nouvelle prônée par Doriot et Thorez.

Vu l'heure, chacun à Montreuil s'attend à ce que Le Pire prononce le discours de clôture, le comité central devant, selon la tradition, s'achever au milieu de l'après-midi afin de permettre aux provinciaux de ne pas rater leurs trains.

À la surprise de l'immense majorité des présents, les premiers mots de Le Pire annoncent au contraire une prolongation des travaux.

Et quelle prolongation!

En pas même une centaine de mots, Marty, l'ami des Soviétiques, le numéro trois du Parti, et Tillon, l'ancien ministre, l'incarnation de la résistance armée, s'entendent accusés d'activités fractionnelles. Autant dire que les héros vénérés ne seront bientôt plus que des traîtres, la présomption d'innocence n'ayant jamais existé au sein d'un parti dans lequel celui qui tient les rênes du pouvoir doit tuer tous les Brutus s'il veut continuer de régner sans partage.

Dans le plan, tel que Mahé l'avait combiné avec les Thorez et Korotkhov, Marty devait faire figure de cible principale, or Le Pire le relègue au second rang. Il ne l'épargne pas mais il concentre l'essentiel de son réquisitoire sur Tillon, l'absent. Ainsi le « matériel de propagande fractionnelle » que projetaient de mettre en circulation les deux complices aurait dû être imprimé, tenez-vous bien, camarades, « grâce à deux dépôts d'argent datant de l'Occupation et conservés par Tillon à l'insu de la direction du Parti ».

Hou, le voleur !

Une autre faute de Tillon, et non des moindres, frappe de stupeur la salle.

« Il a eu des réflexions et des attitudes désobligeantes à l'égard de Jeannette Vermeersch et indirectement envers Maurice Thorez, quant au motif de leur absence de France durant la guerre. Pourtant, camarades, chacun sait ici que les FTP n'auraient pas vu le jour si notre cher Maurice Thorez n'avait choisi la clandestinité en octobre 1939. »

Silence dans la salle où les anciens résistants, encore nombreux, *résistent vaillamment* à l'envie de protester contre un aussi gros mensonge.

Le Pire n'a aucun talent.

Il ânonne plus qu'il n'enflamme, aussi sa démonstration s'éternise-t-elle.

Tout y passe, jusqu'au Mouvement de la Paix que Tillon aurait essayé de dissocier du Parti en voulant lui faire jouer un «rôle indépendant de nos décisions». Quant à préciser la forme, ou l'importance, de ce rôle, macache !

Le Pire n'étaie jamais ses accusations, il lui suffit de prononcer les mots «faute» ou «erreur» pour qu'ils se transforment en certitudes absolues.

Sur le boulevard Montmartre, Aragon, se ressentant des effets de la bière, presse Mahé de le suivre dans le boui-boui avoisinant l'entrée du passage des Panoramas.

C'est là que le membre du comité central apprend de la bouche de l'émissaire de Moscou ce qui est en train de se dérouler à Montreuil.

Surprise, il accueille la nouvelle avec flegme. À croire qu'il était dans le secret.

Ce n'est pas le cas mais, à la différence de Mahé, Aragon a l'habitude de ces retournements de l'histoire. Il y a même prêté la main, contre Brice Parain, contre Paul Nizan, et contre qui Thorez lui a demandé de le faire.

« De plus, dit-il, Marty m'a toujours poursuivi de sa haine. Déjà en 1934, quand je lui ai offert *Les Cloches de Bâle* qui venaient de paraître, il me les a rendues en se moquant de mes travers aristocratiques. Il a remis ça en décembre 1940 à Moscou quand il a été mis au courant de ma conduite au feu dans les derniers jours de la guerre. Il m'a accusé, Thorez me l'a appris, de ne pas avoir respecté le pacte germano-soviétique en retardant la victoire de nos alliés... c'est-à-dire la victoire des nazis ! Et pas plus tard qu'en mai dernier il m'a écrit une lettre idiote pour me faire part de son indignation à la suite d'un article des *Lettres françaises* favorable au *Plaisir* d'Ophüls. On ne doit pas défendre les films de cul ni les films de Boches, m'a-t-il écrit. C'est un con doublé d'une ordure. À l'estrapade, le Marty ! Qu'on le décervelle, qu'on l'écartèle !

– Si tu étais juge, mieux vaudrait éviter de comparaître devant toi, constate Mahé avec un demi-sourire. Et Tillon, qu'en penses-tu ?

– Pas grand-chose. Nous avons, l'année dernière, partagé la même tribune à l'occasion d'un grand rassemblement des intellectuels pour la paix à Prague. Trois heures durant, aussi figé que s'il avait perdu l'usage de son corps, il s'est maintenu dans un épais silence. Était-ce une timidité mal assumée ? Ou un orgueil démesuré ?... Le Dr Leibovici, mon voisin de tribune, penchait pour de la psychorigidité. À part quoi, je n'ai pas d'opinion sur lui. Mais je fais confiance au Parti.

Mieux, je te fais confiance, mon grand chéri. Si tu le penses coupable, c'est qu'il l'est. On y va ?

– Encore une petite question sur Marty.

– Je t'écoute.

– Ne lui as-tu pas rendu hommage dans un, non, dans deux de tes poèmes ?

– Qui pose la question ? L'amant contrariant ou le commissaire sourcilleux ?

– Ce n'est que moi, l'amoureux… et l'ami qui veille sur tes intérêts. Alors, la réponse ?

– Ce doit être dans "Aux enfants rouges", non ?

– C'est ce qu'il me semble… Bon, repartons.

– Halte-là ! Pourquoi te satisfais-tu de cette réponse ? Tu sais bien qu'elle est incomplète.

– D'accord. Ajoutons "Front rouge" dans *Persécuté persécuteur*. Tu vois, je connais mes classiques.

– Tu connais tes classiques et tes fiches, car tu dois avoir des fiches sur moi, hein ? Ne mens pas.

– Des fiches ? À quoi me serviraient-elles ? Et pourquoi en existerait-il sur ton compte ? Serais-tu un comploteur, mon amour ? »

Le Pire termine la lecture de son réquisitoire en réassociant les deux comploteurs. Il ne demande pas leur tête. Pas encore.

Il y a un cérémonial. Au Parti, on souffre d'avoir à dénoncer des camarades, on ne s'en réjouit qu'après qu'eux-mêmes se sont frappé la poitrine en versant des larmes de sang. De même, on ne doit pas applaudir l'accusateur public. Le Pire le sait et s'en accommode. Soucieux des apparences, il se garde de vouloir tirer gloire de sa vigilance, si bien qu'il tend une main charitable à ses victimes même si, dans l'autre, celle qu'il cache sous le pupitre, il tient un poignard : « Le camarade André Marty et le camarade Charles Tillon ne peuvent pas douter des sentiments du comité central et de l'aide que chacun est décidé à leur apporter. Tous, nous espérons ardemment que les camarades Marty et Tillon feront les pas nécessaires dans l'intérêt du Parti. »

Se contentera-t-il de beau souhait ?

Allons, allons, ce n'est pas un mélodrame que cette pièce-là. Une fois les pleurs apaisés, il n'y aura pas d'embrassades. Il y aura vote. Car il faut que l'auditoire s'associe pleinement au forfait et approuve à l'unanimité ce qui suit :

« En attendant leur autocritique, la Commission de contrôle politique soumet à l'approbation du comité central les mesures suivantes : retrait du secrétariat pour le camarade André Marty et retrait du bureau politique pour le camarade Charles Tillon. »

Immédiatement après, Marty, livide, se lève et implore, c'est le mot, Victor Michaut qui préside la séance de l'autoriser à venir s'expliquer devant les camarades – il n'ose plus dire : je réclame la parole ; il est conscient qu'il ne peut plus rien réclamer.

Michaut l'invite à le faire.

Le 3 mars 1964, Roger Pannequin, le proscrit que le remords rongeait, évoquerait cette intervention

185

dans une lettre à ses anciens camarades du comité central, lettre rendue publique le mois suivant:

« La première fois où il fut mis en cause devant le comité central, le camarade Marty vint au micro, comme pour une déclaration, puis s'interrompit en invoquant sa fatigue et son état de santé. Il se tenait la poitrine. Nous avons, alors, souri pour la plupart de ce que nous avons cru être un prétexte. C'est dur de se rappeler cela, plus de onze ans après, maintenant que Marty est mort, honnête et pauvre... »

Il n'empêche que Marty s'agrippant à la tribune va finir par reprendre du poil de la bête et, tout en ne cessant de s'éponger le front – il a la fièvre, le lendemain un médecin diagnostiquera une infection rénale –, Marty, le mutin, va se battre. Il réfute tout, n'accepte rien, ou si peu. De sorte que Lecœur ne peut que se précipiter sur le micro et donner le signal de l'hallali: «Nous ne sommes pas des menteurs. Marty ose, vous l'avez entendu, suspecter l'ensemble des membres du bureau politique d'avoir fomenté contre lui un complot. Or il sait pertinemment qu'il a participé à un travail fractionnel, parce que c'est son habitude depuis toujours.»

La pièce désormais peut suivre son cours.

Les témoins à charge, qu'on a depuis longtemps choisis et préparés, révisent en coulisse leurs scènes. Ils seront plus d'une dizaine à intervenir. Ils auraient avoisiné le double si Tillon s'était conformé à la discipline de son parti en se présentant devant les siens la corde au cou.

Dans le passage des Panoramas, qu'ils ont arpenté à des époques différentes, ni Aragon ni Mahé ne discernent les traces de leur passé, comme si leurs souvenirs ne pouvaient plus s'accorder avec ce qu'ils voient tandis qu'autour d'eux se presse la foule des badauds. En conçoivent-ils de la déception ? Regrettent-ils que le présent ne ressemble plus à ces moments inaltérables qu'ils transportent, chacun, au fond de leur cœur ?

Sans doute que oui, mais de là à se l'avouer il s'en faut encore de beaucoup.

« Si les fiches que tu m'as supposé détenir étaient à jour, elles attesteraient, soupire Mahé, que les royaumes de l'ombre, comme tu l'écrivais voilà trente ans, se sont effacés sous l'action des néons.

— Quand j'ai connu cet endroit, il était encore éclairé au gaz et l'on y croisait de somptueuses créatures vénales des deux sexes.

— Moi, la dernière fois que j'y suis venu, il y avait des étoiles, de pauvres étoiles jaunes.

— Un jour, j'écrirai sur cette époque où le crime se parait du voile de la vertu. Travail, famille, chiennerie !

— Que faisons-nous puisque le charme est rompu ?

— T'est-il jamais venu à l'esprit que Lautréamont avait certainement dû emprunter ce passage à l'automne 1870 quand il campait dans son hôtel de la rue du Faubourg-Montmartre ? À quelques mois près, et si, bien sûr, il avait vécu jusqu'au mois de février 1871, il aurait pu y croiser Rimbaud. Tu imagines la scène, l'aîné a vingt-quatre ans et le cadet à peine seize, le grand et le petit frère face à face, les deux enchanteurs des temps futurs se regardant dans les yeux, se parlant, se donnant l'accolade... »

Soudain en arrêt devant une vitrine vide et obscure, Aragon ne pipe plus.

Mahé se tient en retrait. Il est intrigué, mais comment pourrait-il deviner que son amant est en train de revivre ce jour d'avril 1921 où Breton et lui s'étaient juré dans ce même passage des Panoramas, et devant cette même vitrine, alors vivante, de ne jamais se laisser diviser ?

À Montreuil, le défilé a commencé.

Le premier des calomniateurs, que sa légendaire couardise a propulsé au plus haut dans les instances de la bureaucratie syndicale, ne trahit pas sa réputation. « Il faut avoir un grand courage, proclame-t-il, pour présenter un rapport comme celui de Le Pire, aussi je ne peux que déplorer le refus de Marty de reconnaître qu'il a toujours fait preuve d'un mécontentement très vif contre la direction du Parti. »

Le suivant, un Toulousain, plaît beaucoup à Lecœur quand il relève que Marty, en plus de ne jamais faire référence dans ses discours à la pensée lumineuse de Thorez, a toujours été épargné par

la presse bourgeoise de la région, d'où sa question :
«Comment était-ce possible?»

7, rue du Faubourg-Montmartre, le Bouillon
Chartier a remplacé depuis longtemps l'hôtel où
est mort Lautréamont, et la clientèle des cousins
Pons qui déjà s'y rend n'incite guère aux illusions.
Infatigable, Aragon propose alors de descendre
vers le quartier de la Bourse même s'il ne doit plus
rien rester des immeubles de la rue Notre-Dame-
des-Victoires et de la rue Vivienne, les deux autres
adresses de Lautréamont.
Avant de répondre, Mahé regarde sa montre.
«Zut, elle s'est arrêtée. S'il te plaît, quelle heure
as-tu?
– Six heures moins cinq.
– Comme le temps file… Vite, trop vite.
– Je t'en prie, ne fais pas dans la banalité, le
propre des aiguilles est de tourner, point final.
– Merci, maître.
– Puisque maître il y a, le maître te pose une
colle. Te souviens-tu du chant V de *Maldoror*, et de
son paragraphe 5 qui commence par "Ô pédérastes
incompréhensibles"?
– Pour être honnête, pas vraiment.
– Écoute : "Il a fallu que j'entrouvrisse vos
jambes pour vous connaître et que ma bouche se
suspendît aux insignes de votre pudeur." Sublime,
non? Depuis le début de notre histoire, j'y repense
chaque fois que je t'attends, que je t'espère.

– Eh bien, tu vas pouvoir m'attendre… pouvoir m'espérer… car, et ce n'est pas de gaieté de cœur que je dois te l'avouer, mais il va me falloir te quitter. Ne crie pas, laisse-moi finir. Si je ne te l'ai pas dit à Montreuil, c'est parce que je ne voulais pas gâcher nos retrouvailles. Bref, le mensonge qui m'a permis de quitter le comité central a ses limites et…

– Sois plus direct, sois plus net, j'ai du mal à te suivre.

– Pardon, tu veux du clair, et du net, en voici : je dois revoir Lecœur, Duclos et peut-être Jeannette vers 20 heures. Et je n'en aurai fini avec eux que deux heures plus tard au minimum.

– Et par conséquent, qu'advient-il de nous ?

– Je ne dîne pas avec toi. De cela, je suis sûr, mais je te rejoins avant 11 heures du soir, et nous passons la nuit ensemble.

– Le comité central va durer aussi longtemps ?

– Ce n'est pas rien que de mettre en accusation Marty, surtout que Thorez ne souhaite pas que ça se termine sur sa capitulation. Il ne veut plus jamais se trouver en présence de lui.

– Il n'a qu'à le faire tuer.

– Comme tu y vas ! Tu parles sérieusement ?

– En douterais-tu ?

– Tu as déjà tiré sur quelqu'un ?

– Non, je ne l'ai pas pu. Et pas voulu. Mais j'aurais aimé le faire. Et toi, combien d'Allemands as-tu tués ? »

Mahé ne répond pas tout de suite. Il réfléchit. Doit-il la vérité à Aragon ? Toute la vérité ?

« Cinq... Cinq que j'ai vus tomber et dont j'ai ensuite vérifié qu'ils étaient morts.

– Qu'as-tu éprouvé en leur tirant dessus ?

– Changeons de sujet. »

Il n'y a pas eu que des Allemands.

Mahé ne dira pas un mot de la liquidation de ce professeur de latin-grec que Marc, avant d'intégrer Henri-IV, avait eu à Voltaire, un fidèle de Déat qui l'avait dénoncé à la Milice.

Mahé l'a tué place Voltaire sous les yeux de son épouse et de sa belle-mère. Il l'a tué à l'antique. « *Acta fabula est !* » Le collabo s'est retourné et, les yeux dans les yeux, Mahé a par trois fois appuyé sur la détente.

Mahé en rêve encore les nuits d'orage.

« Revenons plutôt à Marty. Tu le détestes à ce point ?

– Ça veut dire quoi "à ce point" ? Que peut-on aimer chez un emmerdeur ? Chez un nuisible ?

– Mon amoureux est pour les solutions radicales, mon amoureux ne plaisante pas avec ses adversaires. Mais, dans ces conditions, qu'attends-tu pour rompre avec Elsa ?

– Arrête, s'il te plaît, avec tes questions stupides.

– J'arrête.

– On a encore combien de temps devant nous ?

191

– D'ici une heure, dernier carat, je t'abandonne mais du bout des lèvres seulement, sourit Mahé. C'est que je dois repasser par les Buttes pour récupérer ma voiture avant de foncer à Montreuil.

– Et on se revoit à quelle heure ?

– Entre 10 heures 30 et 11 heures.

– D'accord.

– D'accord ! Tu ne protestes plus ?

– Non, mais tu dois accepter mes deux conditions. Primo, tu n'iras pas directement rue de Montpensier, on se retrouvera aux Champs-Élysées, devant la boutique Photomaton, je veux avoir une photo de nous deux.

– Et la seconde condition ?

– Nous sommes à cent cinquante, deux cents mètres de l'atelier d'un ami. Tu dois m'y accompagner.

– Il peint ?

– Oui et non. C'est un faussaire qui nous a été, entre parenthèses, fort utile sous l'Occupation en dépit de son amitié pour ce foutu Fontenoy. Aujourd'hui, il vote communiste, bien sûr. Ce n'est pas ça, l'intéressant. Il n'est pas que faussaire, c'est aussi un collectionneur et un voleur. Un vrai voleur, le genre Arsène Lupin. Bon, bref, à la suite d'un article dans *Les Lettres*, paru sur mon insistance, il s'est introduit de nuit dans une galerie et y a dérobé deux toiles d'un Américain à qui le monde appartiendra un jour, et je veux que tu les voies avant de lire, car je sais que tu les liras là-bas à Moscou, mes articles sur la peinture soviétique.

« – N'en dis pas davantage, l'interrompt Mahé, j'accepte tes conditions. Surtout pour la photo, parce que la peinture, je te le répète, je n'y connais rien. »

Pendant qu'ils se dirigent vers la rue de Trévise où habite le voleur, la fête à l'abjection bat son plein à Montreuil.

Un nouvel intervenant, qui fait figure d'intellectuel, offre un aperçu de ses talents de calomniateur en soumettant à la sagacité du comité central l'énigme suivante : pourquoi, chaque fois qu'il lui était impossible de quitter Paris pour présider une réunion en province, Marty suggérait-il de se faire remplacer par... silence théâtral de l'intellectuel afin que chacun ouvre grand ses oreilles... de se faire remplacer par le dénommé Tillon, hein ?

Tiens !

Ah !

Cris divers dans la salle dont un nettement perceptible et tout de suite repris ici et là : « La preuve est faite, la preuve est faite ! »

Interviewé par Olivier Biffaud en 1999, Maurice Kriegel-Valrimont, exclu du PCF en mai 1961 sans avoir jamais siégé au bureau politique, se souviendrait de ces jours de septembre 1952 où il avait voté à l'unisson du comité central les sanctions contre Marty et Tillon.

« L'un d'entre nous, raconterait-il à Biffaud, nous a expliqué son état d'esprit, en disant : "Les

193

accusations ne sont pas vraisemblables mais, si elles ne sont pas vraies, tous les autres, les accusateurs, sont des malhonnêtes. Or, si je les prends pour des malhonnêtes, qu'est-ce qu'il reste de ma vie ?" Je ne reprends pas ce raisonnement à mon compte. Quand je me pose des questions sur ma vie, c'est le seul point où je ne me trouve pas d'excuses. »

Rue de Trévise, le voleur a le physique du monte-en-l'air, une tête de fouine sur un corps tout en muscles déliés, bien que ses mains maculées de peinture contredisent l'idée que le lecteur de Maurice Leroux se fait d'un gentleman cambrioleur.

Ils l'ont surpris en plein travail.

Aragon ne s'en excuse pas, mais s'est-il jamais excusé d'apparaître là où personne ne l'attendait ? se dit Mahé qui remarque qu'entre le voleur et le poète existe un lien étroit, un lien autre que sexuel. Rien qu'au nez il est facile de comprendre que la femme est partout chez elle dans ce curieux appartement – trois pièces en enfilade avec la chambre à coucher entre le salon et l'atelier.

Ils se trouvent d'ailleurs dans cette chambre lorsque, en habitué des lieux, Aragon jette son trench-coat sur le lit et prononce un nom inconnu de son amant : « Et si, cher ami, vous nous montriez les Pollock ? »

Tapissé du même papier peint que le reste de la pièce, le placard mural vers lequel le voleur se dirige est indiscernable à un œil innocent. Précaution supplémentaire, son ouverture s'obtient par un bouton électrique lui-même dissimulé dans le tiroir de la table de nuit. Pas de quoi cependant leurrer des policiers d'expérience ou une mère tyrannique à la recherche des revues licencieuses que son fils achète au propriétaire de la boutique de lingerie de la place de la mairie.

« Admirez, messieurs, le fruit de ma coupable activité », dit le voleur sur un ton ironiquement triomphant, après avoir ôté les grandes feuilles de papier kraft qui recouvrent deux toiles d'un assez beau format.

À la vue de ce qu'il ignore s'appeler des *Numbers*, Mahé se sent défaillir.

Ces noirs et ces blancs qui s'entremêlent, s'opposent, se rejoignent, se déchirent, se dissolvent, ces éclaboussures écarlates qui, telles des plaies sanguinolentes, se coagulent aux ténèbres, ce sont les morts du jardin du Luxembourg. Jusqu'alors Mahé avait associé Goya aux martyrs d'août 44, mais voilà que, sans le secours de la figuration, Pollock vient de lui restituer dans toute son horreur l'empilement des cadavres, l'entremêlement des chairs, le souvenir de ce jour funeste où il avait cru perdre la raison.

Autour de lui, chacun se tait.

Le voleur s'est reculé comme pour mieux analyser le travail de Pollock tandis qu'Aragon, d'abord surpris, s'irrite maintenant de la réaction de son amant. Derrière la stupeur de Mahé, il pressent leur commun ennemi, le mensonge.

Nous ne sommes donc, lui et moi, que cela ? se demande-t-il. Des artifices ? Des illusions ?

Et, en même temps, il veut croire que Mahé est en proie à quelque chose d'intensément tragique.

À quelque chose d'indicible.

Mais quoi ?

L'air sombre, Aragon va s'asseoir sur le lit. Il n'est plus que regret et déconvenue.

Que n'ai-je été peintre plutôt qu'écrivain ? se répète-t-il pour la énième fois. Émouvoir par la couleur, voilà le secret. Voilà la béatitude... Il pense à Matisse qu'il vénère. Et à Pollock, forcément, qu'il jalouse, tant il est persuadé qu'il va perdre son amant, l'imposteur qui lui avait pourtant juré ne pas aimer la peinture.

« Mais n'es-tu pas toi-même un imposteur, toi qui édictes des règles pour mieux les enfreindre ? » lui susurre une voix qu'il connaît bien, la voix de cet ami de jeunesse auquel il refuse d'obéir depuis si longtemps mais qu'il lui est interdit d'oublier.

« Je vous en achète une, dit tout à coup Mahé.

– Elles sont déjà vendues, répond le voleur.

– À toi ? interroge Mahé en se retournant vers Aragon.

– Moi ! Mais quelle idée ! Je ne pourrais pas les exposer chez moi. Ça m'est défendu, et pas que pour des raisons légales, le recel, la complicité de vol, etc., non, tu connais la chanson, quand même ? Le réalisme socialiste, rien que le réalisme socialiste... Une chanson qui s'applique aussi à toi et qui t'interdit d'emporter à Moscou l'une de ces toiles, serais-tu en mesure de l'acquérir.

– Puis-je vous demander qui vous les a achetées ? demande Mahé au voleur.

– Un Américain qui en possède déjà plusieurs. Aucun Français ne s'est manifesté. L'exposition a été un fiasco. Zéro affluence, zéro vente.

– Mais votre Américain ne pourra pas, lui non plus, les montrer.

– Il ne les montrera pas, il en profitera tout seul. Il est riche, et il possède en Arizona un ranch immense avec toute une installation souterraine dans laquelle il accumule et admire ses trésors.

– La douane, la police ne le laisseront pas exporter des toiles volées.

– Erreur ! Ces toiles-là, comme d'autres encore, ont été déclarées égarées par l'organisateur de l'exposition, et pour le moment Pollock n'a toujours pas réagi. Il y est, dit-on, indifférent.

– Je ne vous crois pas !

– Elles vous plaisent donc vraiment.

– C'est un résumé, non, c'est le reflet de ma vie. Et peut-être aussi la préfiguration de ma mort. »

En redescendant de chez le voleur, Aragon, incapable de se retenir plus longtemps, explose :

« Pourquoi m'as-tu raconté que tu te foutais de la peinture ? À quels autres bobards ai-je eu droit ?

– Calme-toi, Gérard... Réfléchis. Avant de te voir, je ne savais pas que je pourrais aimer un homme tel que toi. J'ai besoin de sentir pour...

– Tiens donc ! l'interrompt Aragon. Ne m'as-tu pas soutenu le contraire ?

– Tu t'égares.

– J'en doute.

– Tu es libre d'en douter, mais tu aurais tort de le faire. Et donc avant de voir ces toiles de Pollock, je ne pouvais savoir que je t'aimerais, ni que nous aimerions les mêmes choses. À chaque jour son secret. À chaque nuit ses baisers.

– Suffit...

– Suffit ?

– Si tu continues, je ne te laisse pas partir.

– Impossible, on m'attend.

– Ne t'éternise pas là-bas. Reviens-moi vite. »

8

Le chauffeur de taxi est du genre grande gueule, un genre que n'apprécie guère Mahé. Il aurait dû lui ordonner de se taire, il ne l'a pas fait, troublé qu'au milieu de sa logorrhée ait surgi, imprévisible pépite, une suite de mots s'accordant avec son état d'esprit.

C'est un proverbe des hauteurs du Djurdjura, lui a appris le chauffeur en réponse à sa curiosité.

« L'amour, monsieur, est un vent qui passe, qui fuit et qui vous retombe dessus à l'improviste. »

Sans plus prêter attention au chauffeur, Mahé s'est enfermé dans ses pensées.

Doit-il voir un avertissement dans ce proverbe ? Est-ce l'annonce d'une rupture imminente ? Ou la promesse d'un éternel recommencement ? Ou encore... ?

Lève le pied, Mahé !

Lève le pied.

Et cesse d'interpréter les coïncidences. Tu es en train de devenir pitoyable. Aussi pitoyable que le Frédéric Moreau de *L'Éducation sentimentale* dont Aragon s'est payé la tête chez le libraire de la rue des Saints-Pères.

Mahé ! Mahé !

Plus ça va, plus tu t'empêtres dans le relatif. Et plus tu t'approches de l'irrattrapable écart de conduite, du grand dérapage.

Il est temps que tu te ressaisisses. Que tu cesses de t'interroger sur l'avenir de ta romance.

Vis ton plaisir dans le moment. Ne regarde plus vers l'avant, ne te projette plus dans un futur dont, pas plus qu'un autre, tu ne sais de quoi il sera fait.

Prends le fruit sur l'arbre, mords dedans, recrache le noyau, et reviens t'asseoir parmi nous, comme Marc te le répétait.

Mahé s'abandonne maintenant à l'idée qu'il y a plus grave que ce vent en forme de boomerang, que ces cucuteries sur les coups de foudre qui finissent mal.

Il y a, par exemple, la posture qu'a adoptée Aragon lorsque Mahé lui a parlé de Marty et de Tillon.

Qu'il ne supporte pas le premier et qu'il s'ennuie en compagnie du second, c'est son droit, mais qu'il accepte sans broncher leur procès lui déplaît.

Te déplaît ou te chagrine ?

Ni l'un ni l'autre, peut-être.

Alors pourquoi sa réaction, ou plutôt son absence de réaction, te turlupine-t-elle, toi qui, sans états d'âme, as préparé l'acte d'accusation ? Toi qui jusqu'ici n'as été qu'obéissance et fidélité ?

En vérité, c'est toi le problème, pas Aragon. Tu doutes, Mahé. Et tu souffres de douter.

Je l'avoue, mais n'est-ce pas le prix à payer quand on aime en dehors des règles ?

Pas si sûr.

Dans ce cas-là, alors, abruti, con, *dourak*, faut que tu décroches.

De tout ?

De tout.

J'hésite. De tout, c'est trop.

« Voilà, arrêtez-moi ici, ça ira, dit Mahé au chauffeur de taxi.

– Vous n'allez tout de même pas aller dîner dans cette gargote marocaine ? Si vous avez envie d'un couscous, on roule encore cinq minutes, et je vous emmène chez le meilleur couscoussier de Paris.

– Un Algérien, je présume.

– Non, monsieur, un Kabyle…

– Je vous dois ? »

Dans la traction avant, qu'il a tant de plaisir à conduire, les mêmes questions continuent d'assaillir Mahé. S'il s'écoutait, il s'envolerait dès demain matin pour Moscou. Là-bas, au moins, les choses sont simples, claires, nettes. Si tu as des doutes, tu te saoules. S'ils persistent, tu te portes volontaire pour une mission-suicide.

Et avec Aragon, cette nuit, que vas-tu faire ?

On baise, et je nous dénonce à Jeannette !

Blagueur, va.

Il rit.

Il rit de lui. Il est beau quand il rit. Aragon a raison. Hollywood s'arracherait Mahé s'il n'habitait pas au pays des Soviets.

Et si je me reniais ? Voilà qui foutrait la merde, surtout si je me faisais hétéro et parpaillot.

Il rit de nouveau.

Bêtement.

Personne ne l'a jamais vu rire bêtement.

Mahé pensait arriver à l'heure de l'assiette de charcuterie et pouvoir ainsi se glisser à sa place sans se faire remarquer. C'est raté. De deux choses l'une, ou ils se sont dépêchés d'avaler un petit sandwich de rien du tout, ou ils se sont résignés à la sauter. Résultat, quand il pénètre dans la salle un peu avant 20 heures, il ne parvient pas à se soustraire aux regards des curieux, parmi lesquels Lecœur, le morne bloc.

À la tribune, l'intervenant, un Sarthois du nom de Jobert, est un brave type avec qui Mahé s'est toujours bien entendu sauf lorsqu'il lui tient la jambe avec ses interminables histoires de chasse au lièvre aux chiens courants, sa vraie passion.

De quoi peut-il parler, celui-là ?

Mahé l'avait éliminé de la liste que lui avait soumise Grandes-Oreilles. «Déteste les conflits», avait dit Mahé. Serait-ce qu'il y a eu des défections parmi les témoins à charge sélectionnés ? Mauvais, ça.

Voyons voir... Que nous raconte Jobert ?

«L'année dernière, le secrétariat du Parti m'a demandé de participer à la direction des écoles centrales. André Marty est venu y assurer un cours sur la naissance du Parti... Eh bien, pas une fois il n'a cité le nom de Maurice Thorez alors que son cours portait sur le congrès de Tours, et la bataille pour l'adhésion à la nouvelle Internationale. Or chacun ici connaît le rôle essentiel de Maurice dans le ralliement du Pas-de-Calais à la Troisième Internationale. Quand on songe que, dans les écoles centrales, nous nous efforçons de donner à nos militants la meilleure des formations idéologiques, on mesure sans peine les conséquences d'une telle conduite. Marty aura aussi à s'expliquer là-dessus. On ne peut pas commettre de fautes impunément dans notre glorieux parti, le parti des 75 000 fusillés.»

Ce n'est pas si mal, même si c'est indémontrable puisque archifaux, allons, un bon mouvement, applaudissons-le, mais du bout des doigts.

Mahé n'est pas le seul à approuver l'orateur, tout le monde applaudit Jobert.

Même Marty.

Venant d'un condamné, ce signe d'allégeance à ses accusateurs paraît ne pas avoir déplu à Jeannette qui sait bien pourtant qu'entre mars 1920 et le printemps 1922 Maurice faisait son service militaire, et qu'à moins d'être doué d'ubiquité il n'avait pu que rater le congrès de Tours et les débats sur l'adhésion à l'Internationale ?

Jobert a quitté la tribune.

Il est 20 heures 15.

Lorsque Mahé entend Lecœur proposer une interruption d'une demi-heure, le temps d'un grignotage, il découvre qu'il s'est trompé. Et que les travaux du comité central sont peut-être plus avancés qu'il ne l'avait pensé.

Ça fait son affaire.

« Alors, bonne pêche ? demande Lecœur en tirant Mahé à l'écart.

— Pas mal.

— À l'occasion, tu me raconteras.

— Quand tu voudras. Et ici ça se passe comment ?

— Ici ? Ici, ça suit son cours. Dans l'idéal, il faudrait que Marty avoue avoir soutenu Tillon en sachant qu'il était en désaccord complet avec la ligne du Parti…

— Je comprends mal. Ce n'est pas le plan qu'on avait échafaudé avec Maurice. *A priori*, nous devions liquider Marty, mais préserver Tillon, tout en le rayant du bureau politique. Maurice estime que son exclusion ferait trop de bruit parmi nos camarades anciens résistants et que, de surcroît, il pourrait être utile plus tard.

– Certes, mais Maurice ignorait qu'il n'allait pas assumer ses responsabilités. Tout de même, ne pas se présenter devant le comité central, c'est plus qu'une faute, c'est un aveu, non ? »

Mahé ne répond pas sinon en inclinant la tête.

Il vient de se dire que d'ici un an ou deux, quand Lecœur sera sur le gril, il se débrouillera pour convaincre Jeannette d'oublier les affronts que lui aura fait subir Tillon.

« Tu permets, il faut que j'aille pisser, dit-il à Lecœur.

– Je t'accompagne... Dis-moi, tu es au courant pour Aragon ? Non, hein ? Personne ne l'était d'ailleurs. Il aurait un truc au cœur. Il a dû nous quitter pour aller consulter un cardio.

– Un truc au cœur ! Ah, ces poètes, tous fragiles. »

À la reprise, Marty lève la main. Le président de la séance l'engage à s'avancer.

« Ce sera très court, annonce d'une voix caverneuse celui qui n'est plus que l'ombre de lui-même. Je considère l'absence de Tillon comme une chose extrêmement grave. Il est membre du comité central. Et un membre du comité central n'a pas le droit d'être absent à une session. Volontairement, il n'est pas venu. Son attitude est d'une gravité exceptionnelle. »

Pauvre type, déjà qu'il n'était pas doué, maintenant voici qu'il rabâche.

Qu'on l'achève, et sans attendre !

Qui dit ça ? Lecœur ou Jeannette ? Ni l'un ni l'autre, c'est Mahé.

Déconcertant ? Non. Aragonien, plutôt.

« En ce qui me concerne, continue Marty, tout est démontré. L'ensemble des faits qui ont été rapportés par les camarades qui ont pris la parole et sur lesquels il est inutile de revenir, ne révèle pas seulement des faiblesses d'organisation, mais une attitude politique qui a considérablement gêné le travail du Parti et qui, objectivement, peut et doit être considérée comme une activité fractionnelle.

« C'est donc, je le répète, démontré, et je crois que je dois en remercier la direction du Parti, et plus particulièrement le secrétariat général.

« Désormais, est-il besoin de le dire, toute mon énergie sera consacrée à la correction du mal fait. C'est la promesse que je fais. Je vais tout faire pour aider le Parti à avancer. Merci, camarades. »

Cette fois, la salle observe un silence de mort, et la plupart de ces hommes et de ces femmes, si héroïques en d'autres circonstances, baissent la tête au passage de Marty qui regagne sa place à petits pas. Tel le Jupiter qui frappe, Lecœur se dresse et commande à ses camarades de voter à main levée les sanctions contre Marty et Tillon.

L'*invisible* Mahé en profite pour s'enfuir.

9

À partir des Maréchaux, il a commencé à crachiner.

Et il pleut pour de bon lorsque Mahé se range contre le trottoir encombré de cageots et de caissettes, à une centaine de mètres du métro George-V.

En se quittant devant chez le voleur, Aragon l'avait prévenu que, s'il y avait une table libre, il l'attendrait au premier étage de La Pergola, le long de la baie vitrée d'où « à défaut de me repaître de ton séduisant visage, j'aurai une vue plongeante, imprenable même, sur les Champs-Élysées ».

La chance lui a souri, Aragon se tient exactement à l'endroit où il avait souhaité être, mais il ne s'y tient pas comme un spectateur ordinaire.

Assis de trois quarts vers l'extérieur, il s'est en effet gardé la possibilité de surveiller du coin de l'œil l'escalier. Ainsi, opportun ou inopportun, aucun nouvel arrivant ne pourrait le surprendre. Une telle position s'appelait «faire le phare» sous l'Occupation. Il n'en faut pas davantage pour que s'améliore l'humeur de Mahé.

«Mon pauvre chéri, tu es trempé, s'exclame Aragon avant de réclamer une serviette au garçon.

– Les serviettes, il n'y en a qu'au restaurant, et le restaurant c'est en bas, réplique celui-ci.

– Vous en êtes sûr ?» dit Aragon en brandissant un billet.

Pendant qu'il s'essuie la tête, Mahé ne quitte pas son amant du regard. Il y a de quoi. L'austère représentant du grand parti des travailleurs a fait sa mue.

Déjà, en débouchant de l'escalier, Aragon lui avait paru différent, et maintenant que Mahé n'est séparé de lui que par la largeur de cette petite table en faux marbre, il comprend. Aragon s'est changé. Pas complètement, certes, mais à la place de son complet-veston couleur muraille et de sa cravate lie-de-vin, la tenue de gala des cadres communistes, il porte un polo dans les jaune paille et un foulard de soie noué à la diable, le tout sous une veste de tweed suffisamment usée pour être du dernier chic.

Le gredin, il s'est fait beau.

Beau pour moi.

«Comment me trouves-tu ? À ton goût, j'espère ? murmure Aragon en lui caressant le bas du visage.

« – Je t'ai toujours trouvé superbe.

– As-tu mangé ?

– Peu, mais ça va… J'aurai faim plus tard, ça, j'en suis certain.

– Tu bois quelque chose ?

– Un americano.

– Hein, quoi ? Un americano ! Tu aimes cette cochonnerie ?

– Pas à la folie, mais on n'en trouve pas à Moscou, alors évidemment j'en profite.

– Garçon, un, non, deux americanos. Ce soir les endimanchés sont de sortie.

– Tu as fait quoi depuis tout à l'heure ?

– Ça ne se devine pas ? Je suis repassé rue de La Sourdière dénicher de quoi épater le jeune homme que tu es.

– Je suis épaté. »

Le garçon survient et dépose devant eux les americanos.

« À ta santé !

– À la nôtre, et que nous vivions cent ans ! dit Mahé.

– Ne parle pas de malheur, mon chéri.

– Pourquoi de malheur ?

– Ne cherche pas à comprendre, mais la décrépitude humaine ne constitue pas à mes yeux une perspective réjouissante.

– Les chairs fanées, je ne les fuis pas, elles m'attendrissent.

– Dois-je en sourire ou en pleurer ?

– À ton avis ? »

Ils se sont tus et, perdus dans leurs pensées, le regard vide, ils boivent avec lenteur comme s'ils cherchaient à profiter de chaque gorgée. Pour la première fois, ils ont l'air d'un couple étroitement uni.

« Dis-moi… Gérard, finit par dire Mahé, tu ne me demandes pas comment ça s'est passé à Montreuil, tu n'as pas envie de savoir ?

– Ah, non, ne recommençons pas la scène du passage des Panoramas.

– Je suis intrigué, voilà tout. J'ai le droit de l'être, non ?

– Et moi, rétorque Aragon d'une voix redevenue acerbe, ai-je le droit de te dire que, même s'ils ne sont pas coupables de ce qu'on leur reproche, ils me sont indifférents ? Ça fait vingt ans que je les supporte, et ils ne m'ont jamais témoigné le moindre intérêt. Il n'y a eu que Thorez pour le faire. Aussi il n'a qu'à tous les exclure… Hier, c'étaient des courtisans, je les ai vus à l'œuvre, crois-moi, ils ont tout approuvé, ils ne se sont jamais opposés à quoi que ce soit. Sans mentir, je me fiche qu'aujourd'hui ce soient des proscrits. De toute façon, et au risque de te perdre, mais pour qu'enfin les choses soient claires entre nous, laisse-moi te dire que la saloperie collera toujours à l'homme, au *vieil homme* pour parler comme Marx, tant que le monde entier ne se sera pas converti au communisme… Il faut s'y habituer. Je m'y suis habitué. Raison pour laquelle je ris quand on me rapporte les propos haineux qui circulent sur mon compte, quand j'apprends qu'X, Y ou Z me traitent de pantin sans conscience, d'infréquentable dévot, de vrai salaud, de rimailleur cocardier, et même de chien de garde du thorézisme... Tous ces gagne-petit qui m'accusent d'avoir sali leur cher Nizan, un besogneux de l'écriture en regard, tiens, allons-y, osons, en regard de Vailland, ou de Dutourd, oui, tous ces gagne-petit, tous ces Sartre, qui se sont si remarquablement accommodés des Allemands quand ils faisaient jouer leurs pièces dans Paris occupé, je leur pisse à la raie. D'autant que je n'oublie pas leur détestation profonde de l'homosexualité...

– Tu devrais t'arrêter.

– Pourquoi le devrais-je ? Essaierais-tu de me dire que je devrais me méfier de toi ?

– Non, je ne te dis pas ça, mais, vois-tu, je ne crois pas que tu puisses penser que nous sommes tous capables du pire.

– Mon pauvre garçon, tu devrais lire Sade.

– Mais je l'ai lu, monsieur, je l'ai lu.

– Alors, nous sommes sauvés », sourit Aragon avant d'envoyer de la main un baiser à Mahé.

Après s'être, comme n'importe qui, désolés plus ou moins du retour de la pluie, du mauvais temps, etc., il semble bien, en déduira-t-on, qu'ils aient tourné la page Marty-Tillon.

« Je vois que tu as fini ton verre, eh bien, dit Aragon, partons, allons faire des photos-souvenir.

– À cette heure-ci ?

– Galerie du Lido, le Photomaton ne s'arrête qu'à minuit. Ça me rappellera…

– Je sais ce que ça te rappellera, l'interrompt Mahé avec vivacité.

– Ah bon, et quoi ?

– Le printemps 1928, vos premiers passages au Photomaton qui venait d'être ouvert pas très loin du Cyrano.

– Je suis de plus en plus impressionné. Le jour venu, je te confierai, je te le promets, le soin d'écrire ma biographie.

– La vraie ou la fausse ?

– N'aimerais-tu plus le faux qui est plus vrai que le vrai ? J'en serais fâché, mais pas au point de ne plus avoir envie de toi… Ah, non ! Allez, photos !

– Oui, pressons-nous de libérer le petit oiseau.

– Dans quel sens dois-je l'entendre ?

– Sade, monsieur, Sade. »

Aragon est redevenu intarissable.

Comme chaque fois qu'il raconte sa vie. Comme chaque fois qu'il en fait un roman.

On n'est pas forcé d'y croire, et Mahé n'y croit pas toujours, simplement il n'en perd pas un mot.

Aragon raconte maintenant sa passion du flou, du vaporeux, son emballement quand il découvre Le Lorrain, Poussin, puis Turner, et sa peur de ce qui fige, glace, paralyse, sa peur de ce qui, s'emporte-t-il, se compare à une fiche de police.

Mahé devine qu'il est en train de lui confesser ce qu'il lui en a coûté de célébrer le réalisme socialiste. C'est un aveu de taille. Un aveu qui n'appelle aucun commentaire. Un aveu de séducteur prêt à se jeter dans les flammes pour être aimé.

« Mais, continue Aragon, la fixité de la pellicule, quand elle est l'œuvre d'une machine, augmente le champ des possibles à la condition, bien sûr, de lui renvoyer une image trompeuse de soi, et de ce point de vue... oui, de ce point de vue, c'est Queneau qui a le mieux perverti ce faux sentiment de réalité qui s'attache à l'objectif... Oh là là, mille pardons, voilà que derechef, encore un mot de sorbonnard, efface-le, bref, voilà que de nouveau je professe, que je pontifie. Il est temps que nous rejouions, mon chéri, à Roméo et Roméa.

– Sans l'araignée sur la tête ? dit Mahé, faisant allusion à ce cliché de l'hiver 1928 sur lequel Crevel mime avec ses doigts une araignée piquant l'occiput d'Aragon.

– Mais non, ce n'était pas une araignée, rectifie Aragon, c'était un crabe. »

Galerie du Lido, le résultat vient de tomber.

Le temps que ça sèche, et les voici s'exclamant, se congratulant devant les deux bandes de six photos chacune.

« Elles auraient pu paraître dans le dernier numéro du *Surréalisme au service de la révolution*. Ç'aurait été ton adieu aux armes.

– Inenvisageable, mon grand, papa Breton les aurait censurées. Pas de réclame pour les invertis.

– Tu regrettes cette époque, hein ? Ça s'entend à l'oreille. Ne le nie pas.

– Je ne le nie pas. Comment le pourrais-je ?... C'est tout de même là, au milieu de cette bande d'illuminés, d'excentriques, et de fanatiques que j'ai été considéré non pas comme une pièce rapportée mais comme un égal.

– Et même comme plus, non ?

– Et même comme plus. Ah ! si Breton avait accepté ce qu'il jugeait inacceptable, où en serais-je aujourd'hui ?

– On ne récrit pas l'histoire... Bon, et à part ça, qu'en faisons-nous ?

– Je ne comprends pas. Que faisons-nous de quoi ?

– Que faisons-nous de ces photos ?

– On en garde deux, et on déchire les autres. Et à chacun la sienne, ce sera notre passeport secret.

– Tu le jures ?

– Je le jure. »

À l'approche de la place de la Concorde, Aragon descend sa vitre et se met à hurler malgré la pluie qui lui fouette le visage : « Je suis le temps, je suis l'éternité, je tiens la faulx, je tiens l'étoile, je coupe, j'illumine. »

Mahé lui demande d'où ça sort.

Aragon, tout en s'épongeant avec son foulard, s'en offusque et répond qu'il en est l'auteur.

Il ment.

Encore une fois, il vient de remettre Breton au centre du jeu. Au centre de sa vie.

Mahé, qui n'a pas tout lu, répétons-le, ne lui en voudrait pas s'il savait qu'il s'agit des premières lignes du *Trésor des Jésuites* qu'à la fin des années vingt, les deux amis, bientôt séparés à jamais, avaient écrit d'une même plume.

Le mensonge chez Aragon est une façon de lever le voile sur l'indicible.

On va en avoir une nouvelle preuve.

Au rond-point des Champs-Élysées, il ordonne à son amant de rebrousser chemin.

Mahé obéit sans discuter. Lui aussi, la lumière des phares trouant l'encre de la nuit lui procure l'illusion de franchir les eaux du Styx.

Place de l'Étoile, quand Aragon lui enjoint de descendre l'avenue Carnot, il ne s'inquiète toujours pas de leur destination. Et c'est ainsi qu'ils atteignent la rue Saint-Ferdinand.

« Essaie de te garer ici. »

Le petit immeuble devant lequel ils se sont arrêtés est dépourvu de charme. Aucune lumière ne ponctue sa façade. La rue elle-même paraît désincarnée.

Mahé attend. Sans impatience. Ni agacement. Il mise sur quelque récit extraordinaire.

« Vois-tu, si je n'avais pas écouté Elsa, se décide à dire Aragon, si je n'avais pas craint pour ma prétendue notoriété, je ne me serais pas défilé. (Un silence.) Drieu est mort ici en mars 1945. Colette Jéramec, sa première épouse, et mon amie, me l'a tout de suite fait savoir. C'est par elle d'ailleurs que je lui avais fait porter un exemplaire d'*Aurélien*...

– Es-tu certain que ce soit par elle ? se permet Mahé.

– Il me semble... Aucune importance ! J'aurais dû être là, voilà tout. Drieu aura été l'un des rares que j'ai aimés en ce siècle. Aujourd'hui, les crétins qui m'adulent font comme si je ne lui avais pas dédié *Libertinage*. Toi, tu sais, évidemment... Tu sais beaucoup de choses. Trop ! Et ça me trouble. Qu'es-tu venu faire dans ma vie ? »

De colère, Mahé secoue la tête et redémarre avant de s'immobiliser brutalement au bout de la rue.

« Pourquoi as-tu triché ? hurle-t-il.

– Parce que je ne voulais pas finir comme...

– Comme qui ? Comme Crevel ?

– Non, comme Cocteau chez qui, mon chéri, nous allons.

– Et chez qui tu vas comprendre que je ne suis venu dans ta vie que pour lui redonner de l'intensité.

– Fonçons, alors. »

Vendredi 5 septembre 1952

Aragon : Que pensez-vous du danger extérieur (par exemple, de mort) pendant que vous
faites l'amour ?

Prévert : Cela ne peut être qu'un stimulant,
et les gens qui n'ont pas connu ce danger n'ont
jamais fait l'amour.

(« Recherches sur la sexualité,
soirée du 31 janvier 1928 »,
La Révolution surréaliste, n° 11)

1

Il est 6 heures du matin.

La chambre tendue de damas bleu lavande dans laquelle Aragon continue de dormir est plongée dans l'obscurité. Quand Mahé ressort de la salle de bains, les reins ceints d'une serviette-éponge, il a pris soin de laisser allumé derrière lui le néon du lavabo. Mais ça ne suffit pas, il devine les formes plus qu'il ne les voit.

Et arrive ce qui devait arriver, Mahé heurte de plein fouet l'un des tiroirs de la commode resté ouvert.

Son contenu les avait bien divertis lorsqu'ils s'étaient installés dans ce petit deux pièces que loue Cocteau au-dessus de son appartement du Palais-Royal. « Foutre ! il y a là de quoi jouer à guichets fermés la version réaliste, mais pas socialiste, de *La Philosophie dans le boudoir* », s'était plu à souligner Aragon en riant.

Le bruit ne l'a, semble-t-il, pas réveillé. Lui qui prétend ne fermer l'œil que trois heures par nuit, il est toujours plongé dans un sommeil profond. Tout en massant son genou douloureux, Mahé en ressent de la fierté. Il a vaincu le poète des amours rugissantes.

Mais lorsqu'il repart sur la pointe des pieds vers la salle de bains en tenant contre lui ses vêtements, la soudaine apostrophe d'Aragon – «Pas si vite, mon garçon, priorité au pissomane!» – le désarçonne, et pour un peu il se recognerait à ce maudit tiroir.

Les images sont faites pour tromper ceux qui les croient vraies.

En amour comme en politique.

Aragon ne s'est pas remis au lit.

Enveloppé à la façon d'un empereur romain d'un drap dont la couleur s'accorde avec le damas du mur, il trône dans un fauteuil crapaud d'où il ne s'est pas lassé d'observer Mahé pendant qu'il s'habillait.

«Pourquoi pars-tu si tôt?» lui demande-t-il soudain.

Mahé, qui finit de lacer ses faux richelieus de cuir bouilli que les services de Korotkhov offrent aux agents en mission à l'étranger, ne relève pas tout de suite la tête.

«J'ai rendez-vous avec Duclos ce matin, et comme je dois d'abord passer par mon hôtel à Aubervilliers, il faut que je file. Je suis même déjà en retard.

– Au fond, tu m'abandonnes.

– Je le déplore, mais…

– Tu le déplores vraiment ? Tu ne me fuis pas parce que tu es déçu ?

– J'avais le sentiment, mais je dois être idiot, de t'avoir prouvé mon attachement.

– Pardonne-moi, c'est que je m'habitue mal à l'idée que bientôt tu ne seras plus là.

– Ne m'as-tu pas dit que ce qui comptait, ce n'était pas le temps réel, mais le temps subjectif ?

– Tu m'as cru ?

– Absolument pas.

– Ça me rassure.

– Je te dois un aveu.

– Encore un ! À ce rythme, nous allons devenir des professionnels de la faute avouée, faute pardonnée, dit Aragon.

– Le procès, pour parler vite, auquel tu n'as pas assisté, j'en suis l'un des préparateurs et jusqu'à cette nuit je n'en avais éprouvé aucune gêne… C'est bien le mot, gêne. J'ai des chefs, je les sers, je leur dois tout, ou plutôt je devrais tout leur devoir. Or le plaisir que tu m'as donné et dont je vais être privé, peut-être pour toujours, qui sait ?… Non, ne m'interromps pas… Je reprends, ce plaisir-là, ajouté à ce que tu m'as dit à la Pergola, rappelle-toi, la saloperie du *vieil homme*, etc., tout cela m'a fait de l'effet. C'est comme si j'avais reçu un coup sur la tête, comme si je ne tenais plus droit sur mes jambes, comme si…

– Comme si tu m'aimais.

– Plus. Beaucoup plus. Comme si tu m'avais entraîné du côté où je ne pensais jamais aller.

– Tu es très obscur. Aussi obscur que Breton lorsqu'il avait le cul entre deux chaises. Sentimentalement, veux-je dire.

– C'est cela. Je suis dans le noir.

– Et tu n'as pas envie d'y être ?

– Non.

– Embrasse-moi, et va-t'en, Stavroguine.

– Je ne suis pas un démon.

– Disons alors que nous ne sommes pas des anges. »

Les deux hommes s'embrassent.

Mais au moment où son amant va refermer la porte, Aragon lui lance : « N'oublie pas que tu dois m'appeler à 5 heures, au journal. Je n'en ai pas fini avec toi. »

2

Même en sortant de la douche, il n'est pas dans les habitudes de Mahé de se regarder dans un miroir. Les miroirs ne lui servent qu'à se raser, à se peigner et à vérifier, une fois habillé, qu'il a bien noué sa cravate.

Il est le contraire d'un Narcisse. Cette beauté qu'on lui reconnaît l'incommode. Jamais ou presque il ne prend le temps de s'attarder sur son image. Sauf ce matin dans sa chambre d'hôtel où, après s'être rasé, il n'y avait rien chez Cocteau qui le lui avait permis, il essaie de voir à quoi ressemble la morsure d'Aragon au revers de son épaule – «le sceau de l'infamie, notre sceau, mon chéri». Compte tenu des dimensions du miroir au-dessus du lavabo, guère plus grand qu'une page d'annuaire, il n'y réussit que par une habile contorsion et après s'être hissé sur la pointe des pieds.

Ça l'enivre.

Il est marqué. Comme il l'avait si souvent été du temps de Marc.

Dommage, se dit-il en se donnant un dernier coup de peigne, que cette preuve d'amour soit destinée à disparaître, dommage qu'Aragon n'ait pas utilisé un fer rouge.

On tape à la porte.

Ce doit être Mélanie qui lui apporte son petit-déjeuner.

Quand ils se croisent dans l'escalier, elle en profite toujours pour se frotter à lui. Ça lui est moins désagréable qu'avec d'autres femmes. À quarante ans et des poussières, Mélanie est tout en rondeurs moelleuses, en odeurs sucrées et en gestes cajoleurs. L'antithèse de sa mère, le sac d'os.

« Entre… Tu m'excuseras si je ne me montre pas, mais je n'ai pas fini ma toilette.

– Toi, tu n'as pas dormi dans ton lit !

– Hé, non.

– Ah, là, là, elle a la belle vie, la jeunesse, de nos jours… Je te laisse alors. Mais si j'ai oublié quelque chose, n'hésite pas à me sonner. »

Il manque quelque chose.

Le morceau de fromage qu'il a refusé dès le premier jour, mais voilà, aujourd'hui, il a faim. Il ne le réclame pourtant pas. Forcer Mélanie à remonter trois étages serait abuser. Mahé a en horreur les camarades qui tirent profit de leur position. À

Moscou, ils sont plus d'un, les cons, que ce souci d'égalité exaspère et qui attendent l'occasion de lui faire payer ce que, par-derrière, jamais front contre front, ils assimilent à un relent de religiosité partageuse.

Mahé le sait et s'en fiche, Korotkhov n'est pas différent de lui sur ce chapitre.

Maintenant qu'il a fait un sort au croissant et à la ficelle, il allume une Chesterfield, en savoure les premières bouffées, puis, tenant sa tasse de café d'une main, il ouvre de l'autre la fenêtre et s'appuie au garde-corps. Question temps, et malgré ces gros nuages couleur suie qui bouchent l'horizon, tout n'est peut-être pas perdu.

Mahé se penche vers la rue.

Rien n'a changé. Toujours pas âme qui vive dans le pavillon des Tillon.

Comme il se retourne pour reposer sa tasse, la porte de sa chambre s'ouvre sans que quiconque se soit annoncé.

Et sans que quiconque se montre.

« Qui est là ? demande Mahé.

– Moi. »

Non, c'est impossible !

Une revenante.

Mahé n'en croit pas ses yeux.

C'est pourtant elle.

225

L'unique.

Celle que nous n'avons pas pu, pas su sauver des griffes des Brigades spéciales.

Huit ans que Mahé ne l'a pas revue. Huit ans qu'on l'a fait monter dans le dernier convoi pour Ravensbrück.

Julia !

Julia Campbell.

Sa Julia.

Elle dénoue son fichu, un carré de soie de couleur vert tilleul, et, tandis que son opulente chevelure rousse retombe en cascade sur ses épaules, un grand sourire se fait jour sur ses lèvres.

Son fameux grand sourire, celui qui lui avait si longtemps permis de passer sans encombre les barrages de police dans les rues de Paris occupé.

Mahé se retient de bondir vers elle et de la serrer contre lui.

Jusqu'à son arrestation en avril 1944, Julia avait été son agent de liaison. La pièce maîtresse de son groupe et, au-delà, du réseau tout entier.

Bien qu'ils n'aient toujours pas fait un pas l'un vers l'autre, et qu'ils paraissent insensibles au silence qui s'appesantit entre eux, ils continuent de se couver des yeux.

Semblables à des bêtes sauvages que l'approche de l'orage bouleverse.

De cette voix reconnaissable entre mille, Julia finit par prononcer deux petits mots tout simples :

« Tu permets ? »

D'un geste de la main, Mahé l'invite à entrer.

Au passage, elle lui effleure la tempe du bout de ses ongles laqués de rouge.

Mahé en est électrisé.

Le secouerait-on qu'il éclaterait en sanglots. Sa sœur, sa confidente, sa complice lui est revenue. Une sœur. Pas une femme qu'il aurait désirée. Il ne l'a jamais désirée. Mais elle a été la sœur qu'il a aimée avec autant de force, de fièvre, de ferveur qu'il a aimé Marc.

« Choisis : la chaise ou le lit ?

– Un coin de lit m'ira très bien... Ai-je le droit de te faire une remarque ? Tu ne me l'interdis pas ? C'est donc que tu tolères que je puisse encore exister... Eh bien alors, laisse-moi te dire que tu me déçois. Pourquoi ne m'embrasses-tu pas ? Aurais-tu peur ? Je ne suis pas un fantôme, Tristan. »

Elle l'a toujours appelé Tristan, elle détestait son nom, Mahé, un nom de bénitier, disait-elle.

Il s'approche d'elle et l'étreint. Il voudrait l'étouffer qu'il ne s'y prendrait pas autrement. Julia lui répond en cherchant sa bouche qu'il lui dérobe, mais elle parvient un très court instant à coller ses lèvres sur celles de ce frère qui s'est refusé à l'inceste alors que, tout le temps de leur lutte contre le Boche, elle avait rêvé de lui faire l'amour.

Elle s'appelle Julia Milstein, un patronyme difficile à porter sous l'Occupation qu'elle avait, dès le printemps 1941, transformé en Juliette Forestier grâce à leur fabricant de faux papiers. Pour le réseau, elle avait été Campbell, un pseudo qu'elle s'était choisi en hommage à l'Helena Campbell du *Rayon vert*, le roman de Jules Verne dont elle prétendait, se souvient Mahé, vouloir tirer un film dès que la guerre serait terminée.

Campbell était alors assistante de réalisation, et l'amie d'une script-girl qui allait sous un autre nom acquérir bientôt quelque célébrité.

À la Libération, lorsque Mahé s'était inquiété de savoir si Julia avait pu survivre à la déportation, la Croix-Rouge lui avait appris qu'elle en était sortie vivante, mais qu'au lieu de rentrer en France elle avait choisi d'émigrer au Canada où une grande partie des siens avait trouvé refuge dès septembre 1938.

Mahé n'a pas besoin qu'elle lui explique pourquoi, après tant d'années, elle réapparaît. Elle a vénéré Tillon dès le jour où elle l'a rencontré en gare de Massy-Palaiseau pour lui transmettre un message de la plus haute importance sur les livraisons d'armes en provenance d'Angleterre.

Elle vient, ça crève les yeux, lui demander des comptes.

Elle est sa Némésis.

Mahé n'a raison qu'en partie.

À Ravensbrück, Julia avait une amie, Raymonde.

Raymonde Nédelec.

La nouvelle femme de Tillon.

Et c'est à cause d'elle que Julia a resurgi et qu'elle a accepté de s'asseoir sur le lit de Mahé. Comme elle ne va pas tarder à le lui révéler. À ceci près qu'elle fera l'impasse sur un certain nombre d'épisodes de sa nouvelle vie. Ainsi elle ne lui dira rien sur son activité politique. À Toronto, où elle réside, si elle continue de militer au sein du Parti communiste canadien, elle a rejoint en secret de ses camarades un groupe trotskiste nord-américain grâce auquel elle n'ignore pas grand-chose de la nature réelle du Kominform et de ce que font ses agents.

Mahé lui tend son paquet de cigarettes.

Julia refuse, elle ne fume que des brunes, Gauloises ou Celtiques.

« Ça se trouve, au Canada ?

– À prix d'or, mais depuis un mois je suis à Paris, et…

– Depuis un mois !

– Pour le travail.

– Tu fais quoi ?

– Du cinéma, bien sûr, mais du cinéma documentaire. »

Mahé se lève pour lui allumer sa Gauloises. Julia s'empare de sa main, caresse le briquet à amadou et murmure : « Marc, n'est-ce pas ? »

Mahé hoche la tête et se rassied sur sa chaise.

« Autrefois, dit Julia, tu m'aurais déjà pressée de questions. D'où je sors ? Pourquoi suis-je ici ? Comment t'ai-je trouvé ?

– Des questions, dis-tu… Je n'en ai qu'une : qu'as-tu inventé pour que le réceptionniste te laisse monter ?

– Je n'ignore pas que c'est un hôtel du Parti, mais oublierais-tu, Tristan, que tu m'as formée et que je me joue de tous les interdits ?

– Qui t'a dit que c'était un hôtel du Parti ?

– Je te réponds, mais ensuite c'est toi qui répondras à mes questions. Donc je suis en train de faire un film sur les femmes déportées, un film en plusieurs volets, je commence par les Françaises et les Belges, puis j'évoquerai le reste de l'Europe, et enfin la Russie.

– Vaste projet.

– Il se trouve, que fin août, j'ai commencé à filmer à deux pas de ton hôtel…

– Ça va, j'ai compris. Tu étais chez les Tillon.

– Bravo ! Le deuxième jour du tournage…

– C'était quand exactement ? l'interrompt Mahé.

– Ah, les revoilà, tes réflexes ! ironise Julia. C'était vendredi dernier, le 29 août. Et c'est ce jour-là que Raymonde m'a montré Le Joli Mai et s'est étonnée que nous n'y logions pas puisque ce film est financé en partie par la Fédération mondiale des déportés… À présent, à toi de me répondre.

– Non, tu ne m'as pas tout dit. Comment as-tu su que j'avais une chambre dans cet hôtel ?

– Il y a quatre jours, le 1er donc, j'ai encore filmé Raymonde. Après quoi, nous avons décidé de nous revoir une dernière fois. Nous devions passer la prendre avant-hier à 7 heures du matin pour l'emmener à Drancy où je l'aurais interviewée... Comme tu le sais, ce jour-là, le 3, les Tillon avaient déjà fichu le camp. Ça nous a surpris, et on s'est mis à poireauter devant chez eux sans trop savoir quoi faire, et là-dessus, entre 7 et 8 heures, je t'ai vu sortir de l'hôtel et monter dans ta traction. Satisfait ?

– Mais les Tillon ne t'avaient-ils pas avertie de leur départ ?

– Non. Serais-tu sourd ?

– D'accord. Eh bien, à toi. Pose-moi toutes les questions que tu souhaites.

– Que se passe-t-il, Tristan, pour que tu me paraisses inquiet ? Terriblement inquiet ?

– Fausse impression.

– J'en doute.

– As-tu une idée de ce que je suis devenu ? demande Mahé.

– Petit télégraphiste, non ?

– Diable ! Comment l'as-tu su ?

– Un de mes ex, ne me demande pas qui, je serais obligée de te mentir, en tout cas, je l'ai connu avant de te rencontrer... tu te rappelles que j'ai quatre ans de plus que toi et que je milite par ailleurs depuis plus longtemps que toi...

– Pourquoi ces précisions ? l'interrompt Mahé. Ta vie privée ne concerne que toi.

231

« – Certes, mais, laisse-moi finir, mon ex est membre du comité central. De ton comité central, mais plus pour longtemps sans doute.

– Enfin, nous y sommes, tu sais.

– Je sais… Et si tu crois que je vais te faire la morale, te dire que tu es un salopard, tu n'as pas tort. Je vais te couvrir de reproches, Tristan. Je ne supporte pas que tu te satisfasses d'être celui par qui le passé, notre passé, va être rayé de la carte. Parlons ! »

Une heure plus tard, quand ils quittent la chambre en se tenant par le bras, ils ont l'air d'être redevenus ce qu'ils ont longtemps été, un frère et une sœur qui se tueraient plutôt que d'être condamnés à ne plus se revoir.

Que se sont-ils dit ? On ne le saura pas. Pas totalement.

Le même jour de septembre 2011 où il remettrait à Yves Le Braz, l'historien, son exemplaire du *Con d'Irène*, Mahé lui parlerait de sa rencontre avec Julia dans cet hôtel d'Aubervilliers, hôtel aujourd'hui disparu comme d'ailleurs le pavillon des Tillon. Mais, fidèle à sa méthode, l'ancien agent du Kominform n'en livrerait à Le Braz qu'une version abrégée, celle-là même que nous rapportons ici, et qui fait, sans le moindre doute, la part belle à la fiction.

« Si tu arrives à voir Tillon, aurait dit Mahé, salue-le de ma part.

– Te rends-tu compte qu'en parlant ainsi tu contreviens à tes ordres, à ta fonction ?

– Exclu par ta faute, ce serait comme me suicider par personne interposée, et ça me déplairait moins que…

– Imbécile ! Il faut vivre, nous en avons le devoir.

– Sais-je qui je suis, qui vous êtes, ô cavaliers sans chevaux ?

– C'est de l'Aragon, ça, hein ?

– Qui d'autre aurais-je pu aimer ? »

3

La tête encore pleine de Julia, de Marc, des camarades d'autrefois, Mahé roule dans Paris à la façon de l'automate qu'un mécanisme invisible déplace à travers l'espace. Il n'a plus conscience d'enclencher les vitesses, de rétrograder de l'une à l'autre, de débrayer, d'embrayer, d'accélérer, de ralentir, de tourner à droite, à gauche, de doubler, de freiner, d'attendre que le feu passe au vert.

Voir, il voit, mais ce qu'il voit – rues, boulevards, avenues, devantures, passants – n'a pas plus de sens que s'il avait l'œil collé à un kaléidoscope. Des images géométriques, des couleurs criardes s'enchaînent sans qu'il s'y attarde, sans qu'il tente de les relier entre elles, sans qu'il cherche dans ce fatras le moindre point d'ancrage.

Il n'est attentif qu'à une seule réalité.

Une voix.

La sienne.

Un son métallique ressassant en boucle, tel un disque rayé, les mêmes questions.

Pourquoi es-tu sorti de ton rôle ? Pourquoi as-tu dit à Julia de saluer Tillon ? Pourquoi fais-tu toujours confiance à ceux que tu aimes ? Pourquoi ne doutes-tu pas de Julia ? Pourquoi te refuses-tu à envisager qu'Aragon te traitera comme il traite Marty, Tillon et Elsa ? Pourquoi n'admets-tu pas qu'il te fuira comme il fuit les reproches vivants ?

Pourquoi, pourquoi ?

L'heure passant et, malgré l'avalanche des pour-quoi, Mahé a continué d'avancer et, petit à petit, la cohérence a repris ses droits.

Mahé sait où il est.

Où il va.

Il a reconnu la rue du Faubourg-Montmartre et, en même temps, la voix qui le harcelait de questions lui a dicté sa décision. C'est lui qui rompra avec Aragon, et si un *revizor* quelconque essayait d'ouvrir un dossier contre lui, il démenti-rait tout. Il ne calquerait pas sa conduite sur celle des innocents s'obligeant par fidélité idéologique à plaider coupables, il serait le fautif qui s'estime insoupçonnable, il redeviendrait l'enfant qu'il a été quand sa mère le chargeait de tous les péchés d'Israël.

Mais ce n'est que théorie.

À peine sorti de sa voiture, Mahé n'est déjà plus dupe du peu de réalité de sa résolution.

Ni il ne trahira Julia, ni il ne tournera le dos à Aragon. Il suivra sa pente sans trembler. Simplement, une chose est sûre, dimanche il aura pris place dans le bimoteur de l'Aeroflot volant vers Moscou.

« C'est tout ? Tu n'as rien d'autre à me confier ? demande Mahé à Duclos en tirant vers lui la grande enveloppe destinée à Maurice Thorez.

– Non, c'est tout.

– Pas de message pour le camarade Ignatiev ? »

Duclos, surpris, dévisage Mahé. Comment ce jeunot peut-il être au courant de sa relation avec le ministre de la sécurité d'État, le nouveau favori de Staline et l'ennemi de Beria ?

Korotkhov dépend de Beria et, par voie de conséquence, Mahé aussi. Serait-il alors passé de l'autre côté ? Disposerait-il de plus de pouvoirs que je ne le crois ? Il faudra que j'en touche un mot à Lecœur... Mais non, inutile de le mettre dans la confidence. Gardons ça pour nous.

« Je n'ai pas de rapports avec le camarade Ignatiev, dit Duclos. La sécurité n'est pas mon domaine, tu es bien placé pour le savoir. »

Mahé remue la tête. Est-ce signe d'approbation ? Hum !

Cette allusion à Ignatiev, qu'il ne se reproche pas, la grimace de Duclos l'a amusé, est un ultime contrecoup de ce moment de liberté qu'il a vécu avec Julia.

Il ne faut pas qu'il y en ait d'autres. Ni aujour-d'hui, ni demain.

« Je sais, je sais, réplique Mahé, mais comme Lecœur m'avait laissé entendre qu'Ignatiev avait poussé à la roue pour qu'on dénonce Tillon, je me suis dit, non sans stupidité, pardonne-moi, que tu étais toi aussi…

– Lecœur et moi, nous avons chacun notre domaine. Lui et moi, nous intervenons là où nous sommes (petit rire) les moins inefficaces, l'inter-rompt Duclos. De ce fait, moi, je m'occupe des affaires courantes (nouveau petit rire) et, résultat, je me flatte surtout de faire le maximum pour aider Maurice à reprendre sa place parmi nous. Un point, c'est tout. Mais dis-moi, ne devais-tu pas repartir lundi ? Se passerait-il quelque chose à Moscou qui exige que tu rentres plus tôt ?

– Je n'ai plus rien à faire ici, alors je rentre. C'est chez moi, maintenant, là-bas.

– Mille dieux, mais c'est que tu as la chance de vivre dans un monde où la justice n'est pas un vain mot !

– Exactement, un monde juste et heureux… Bon, il faut que j'y aille, je dois rendre la voiture avant 14 heures 30.

– Et tu fais quoi de ton après-midi ? »

Mahé improvise à la vitesse de l'éclair une réponse imparable.

« Je vais voir où en sont les négociations pour l'achat de l'appartement de Lénine rue Marie-Rose.

– Lénine, soupire Duclos, Lénine !… *Dasvidania tovaritch.*

– Au revoir, camarade secrétaire. »

À une demi-heure près, Mahé aurait pu, en quittant le siège du Parti, croiser la femme de Marty que le secrétaire administratif de Duclos était allé chercher rue Voltaire à La Garenne-Colombes, dans le pavillon que le couple occupait aux frais du bureau politique. D'après ce que Mahé apprendrait par la suite en lisant une lettre de Marty interceptée par l'un de ses faux amis, elle serait partie « joyeuse, persuadée que Duclos, qu'elle connaissait » ne voulait la voir que pour « remettre de l'huile dans les rouages ». Or ce n'avait pas été Duclos qui l'avait reçue, mais Le Pire et Grandes-Oreilles. Cinq heures durant, ils l'avaient accablée et de « questions indiscrètes dont chacune était un piège ». Aussi n'était-elle rentrée à La Garenne-Colombes que « pour s'écrouler en pleurs ». Quand viendrait novembre, la même scène se répéterait mais elle se terminerait différemment. Profitant qu'André Marty était à Toulouse, le parti ferait prendre par une camionnette les affaires personnelles de son épouse et obligerait celle-ci, pour moitié consentante, à écrire au pestiféré une lettre de rupture.

Place de l'Estrapade, à la terrasse du bistrot où il vient de casser la graine, Mahé, en cet après-midi du 5 septembre 1952, ne peut, sous l'influence d'une nostalgie tenace, que se repasser le film de sa jeunesse. Ici même, en cachette des pions du lycée Henri-IV, il avait plus d'une fois rejoué les Verlaine en s'enfilant jusqu'à tomber par terre force petits jaunes en lieu et place de l'absinthe interdite.

C'est encore dans ce bistrot qu'il avait découvert *Nadja* grâce auquel, de cela il est toujours reconnaissant à son auteur, il s'était en mai 1940, et malgré son jeune âge, enhardi jusqu'à oser réclamer une chambre pour la nuit, moyennant quatre fois son prix, au dernier étage de l'Hôtel des Grands Hommes où Breton avait vécu vers 1918 quand il était déjà l'ami d'Aragon.

« Ô jeunesse, il n'y a que ton souvenir qui me soutient ! » se répète-t-il en commandant un deuxième café arrosé.

Ensuite, rue Cujas, c'est depuis le bureau de poste qu'il appelle *Les Lettres françaises*.

Quand la secrétaire d'Aragon entend son nom, elle part d'un rire léger. Et se permet même une exclamation un tantinet suggestive : « Ah, vous voilà, vous ! »

Puis, elle lui dit que Louis attend son appel chez lui, rue de La Sourdière, et elle lui donne son numéro.

« Mais que cela ne vous interdise pas de revenir nous voir ! » ajoute-t-elle.

Sitôt qu'Aragon a décroché, il dit dans un souffle :

« Bonjour, Louis, je t'appelle comme convenu.

– Alors, quelles sont les nouvelles ?

– Pas très bonnes, et je me doute qu'elles vont encore t'exaspérer mais, que veux-tu, les événements sont contre nous, je suis désormais dans l'obligation de partir demain matin à 10 heures par le vol direct. Je dois assister à une réunion le soir même… »

À l'autre bout du fil, Aragon se tait. Assez longtemps pour que Mahé se décide à le relancer :

« Allô ? Allô ! On a été coupés ? Tu es là, je ne t'entends plus ? Allô, allô ! Quoi ? Non ? Tant mieux… Donc tu as entendu ?

– J'ai entendu et j'ai compris. Tu dois partir, eh bien, pars… On t'a rappelé, j'imagine ?

– En effet.

– Tu permets… Elsa est à côté de moi, je la mets au courant. »

Aragon détestant chuchoter, Mahé l'entend dire à sa femme que « tu sais, le camarade Mahé dont je t'ai parlé tout à l'heure, le Russe, il repart demain matin pour Moscou, comment faisons-nous ? Nous le voyons ce soir ? Tu n'es pas trop fatiguée ? ».

« Allô, Mahé, donc puisque tu ne peux pas déjeuner avec nous demain midi, viens dîner à la maison ce soir… Attends, Elsa veut te parler. Je te la passe.

– Allô, c'est Elsa Triolet !

– Bonjour.

– Louis m'assure que nous sommes faits pour nous apprécier. Je veux bien le croire, mais…

– Je vous en prie, la coupe Mahé, ne vous obligez pas à me rencontrer.

– Et pourquoi donc ?

– Parce que je n'ai souvent rien à dire. Il m'arrive même d'être inintéressant.

– Tsst, tsst, ne faites pas votre vexé. Venez. En plus, ça tombe bien, j'ai besoin de quelqu'un comme vous.

– Besoin de moi ?

– Oui, j'ai quelque chose pour Lili, ma sœur, quelque chose que j'aimerais lui voir remis en mains propres. Vous la connaissez, n'est-ce pas ?

– Qui ne connaît pas Lili Brik à Moscou !

– Vous aurait-elle fait du charme ?

– Nous ne nous sommes jamais rencontrés.

– Soyez là à 20 heures. Nous ne serons que tous les trois… À moins que François ne se joigne à nous.

– François ?

– François Nourissier… Je vous repasse Louis.

– Eh bien, à ce soir, et pas de retard, mon cher.

– Tu m'en veux, hein ?

– À ce soir… Ne raccroche pas… Attends… Voilà, je suis seul, Elsa s'est éloignée. Je voulais te dire que j'ai fait déposer tout à l'heure à ton hôtel un cadeau. Mais je me demande bien pourquoi… à présent. »

Il est mal.

Mal dans sa peau. Et mal dans son cœur.

Il flotte entre l'étourdissement et la nausée. Son allure en témoigne. Il marche à pas comptés.

241

Pas comme un convalescent ou un vieillard, non, comme un homme blessé.

Déjà qu'il n'aime pas le téléphone, ce coup de fil l'a brisé. La froide, la menaçante indifférence de son amant l'a meurtri. Il ne se l'explique pas. Ou alors ce serait la confirmation de ses pires soupçons. Aragon n'aura fait que tirer profit de l'absence d'Elsa. Elle rentrée, il a déjà tiré le rideau.

Mais qu'espérait-il ? Et puis, n'est-ce pas lui qui a avancé son départ ? N'est-ce pas lui qui, par ce geste, a pris le premier ses distances ?

Mahé s'arrête et s'assied sur l'une des chaises en fer du jardin du Luxembourg dans lequel il est entré.

Assurément, s'il y a eu faute, c'est lui qui l'a commise, mais y a-t-il eu faute ? Il n'a déclaré avoir avancé son départ que pour que son amant le retienne.

Le garde auprès de lui. Contre lui.

Par bien des aspects, Mahé est resté un adolescent qui cherche à attendrir. Tout du moins dans les relations amoureuses. Parce que sinon, dans ses missions d'intimidation, il fait montre d'un flegme effrayant. Il n'y a qu'avec Aragon qu'il a fini par baisser la garde. Ça ne lui était pas arrivé depuis une éternité. D'où son éblouissement malgré le danger qu'il y avait à y céder. Aussi son départ n'était-il qu'un simulacre, une façon de dire à son

242

amant : « Si tu m'aimes, empêche-moi de monter dans cet avion. »

Il ne l'empêchera pas. C'est clair.

Aragon est un égoïste.

Mahé déteste les égoïstes.

Ce sont des planches pourries.

Sans doute, mais Mahé ne peut qu'aimer Aragon et être malheureux.

4

À un moment du dîner, «ce sera plutôt une
dînette de chasseurs à la façon de Tourgueniev»
l'avait prévenu Aragon, Mahé avait été frappé
par l'aspect carnassier d'Elsa, ses dents du haut
aussi pointues que celles qu'on voit aux zibelines
de Sibérie. Plus tard, quand il l'évoquera, il dira
qu'elle portait sur le visage le masque qu'on suppose à lady Macbeth.

Il se souviendra aussi d'un autre épisode de ce
dîner.

Profitant qu'Aragon était parti aux toilettes,
Elsa, la zibeline, s'était collée à lui et lui avait souf-
flé à l'oreille : «Embrasse-moi, garçon!... Non pas
comme ça! Sur la bouche, et avec la langue.» Il ne
s'y était plié que parce qu'il l'avait devinée en proie
au doute quant à la nature de sa relation avec son
époux.

Reprenons.

Reprenons depuis le début de cette soirée.

Reprenons depuis le moment, vingt heures moins deux minutes, où Mahé pénètre dans la cour du 18 de la rue de La Sourdière.

Il a meilleure mine qu'au Luxembourg pour la simple et bonne raison qu'il s'est fait rafraîchir chez le barbier du boulevard Saint-Michel. À la main, il tient un bouquet de vingt-quatre roses incarnates, la marque du respect – il s'est rappelé les leçons de la sœur de son père le fugueur, une demi-mondaine qu'il avait un peu vue dans ses débuts à Henri-IV avant qu'elle file en Suède épouser un banquier.

C'est Elsa qui lui ouvre la porte.

Son élégance le surprend. Certes, il n'y connaît rien, mais il est sensible au beau. Et ce corsage de taffetas gris cendré qu'Elsa porte sur une jupe en velours milleraies d'un rouge plus foncé que ses fleurs le subjugue. De même, il admire la finesse toute juvénile de ses chevilles que rehaussent des escarpins noirs qu'aucun décrochez-moi-ça ne propose. En comparaison, il se fait l'impression d'être un paysan en habits du dimanche.

« Pile à l'heure. La ponctualité d'un prince, apprécie Elsa en lui serrant la main.

– C'est un reproche ?

– Comment ça, un reproche ? Je ne supporte pas les retardataires. Louis est toujours en retard. »

Bizarre, se dit Mahé, il ne l'a été qu'une fois avec moi.

Sur ces entrefaites, l'intéressé surgit.

« Mais ce sont tes fleurs, Elsa ! s'exclame-t-il à la vue du bouquet, avant d'ajouter en direction de Mahé : Comment as-tu su qu'elle les aimait ? Nous espionnerais-tu ? Allons, viens. Nous avons faim.

– Faim de qui ? » murmure Mahé dans le dos d'Aragon qui se retourne avec vivacité et lui prescrit le silence d'un doigt sur la bouche.

Rappelle-toi, camarade, le poète a peur de son épouse.

Sur la table, il n'y a que trois assiettes.

Tant mieux ! La curiosité d'un inconnu aurait été insupportable à Mahé.

« Alors, voilà, dit Aragon, nous avons du caviar, du vrai, un cadeau de l'ambassade, plus un rôti de bœuf froid, une pâtisserie de Deblieux et du raisin cueilli ce matin à Montrouge.

– Louis est gourmand, et même il est avide, dit Elsa en se tournant vers Mahé. Et il n'y a pas que le sucre qui le fasse saliver, tout ce qui brille l'attire, mais c'est ainsi qu'il nous charme et qu'il charme les muses. »

Que peut-il y avoir en moi de brillant pour que notre histoire ait pris si vite corps ? se demande Mahé qu'a troublé, pendant qu'Elsa faisait son portrait, un détail dans le physique d'Aragon, un détail qu'il n'avait pas jusqu'ici remarqué, la molle langueur de sa bouche quand il ne participe pas à une conversation.

Ça lui donne un air indécis, un air consentant. L'air qu'on imagine au baron de Charlus après l'amour.

« Et vous, dans quelle mer lointaine, continue Elsa, êtes-vous allé pêcher la couleur de vos yeux ?... À propos, parlez-vous russe ? Oui. Tant mieux. Nous pourrons donc nous raconter nos petits secrets sans que monsieur, qui prétend le parler, ne puisse nous les voler. »

Et aussitôt elle s'adresse en russe à Mahé dont le sourire va en s'élargissant au fur et à mesure qu'elle lui débite une improbable historiette sur la nuit où Maïakovski avait voulu expliquer à Staline, grand consommateur de films hollywoodiens, pourquoi ceux de Murnau leur étaient supérieurs. À en croire Elsa, Staline avait répliqué à Maïakovski que *Nosferatu* comme *Le Dernier des hommes*, preuve entre parenthèses qu'il voyait beaucoup de choses, n'étaient que de détestables plaidoyers en faveur de la pédérastie et que leurs admirateurs, s'il s'en trouvait en URSS, ne pouvaient être que des « suceurs de flûte ». Prenant peur, Maïakovski avait cru pouvoir s'éviter une réputation lourde de dangers en s'inventant des frasques amoureuses en Californie avec les actrices qui faisaient, et font encore, rêver Staline, sauf que celui-ci n'ignorait pas que c'était à New York, et non en Californie, que Maïakovski avait mis enceinte une émigrée russe.

« Enfin, Louis, oublierais-tu tous tes devoirs ? Sers-nous donc de la vodka.

– Tu sais quoi, Elsa, j'ai tout compris.

– Comment ça, tu as tout compris ? Depuis quand n'as-tu pas besoin que je t'aide à comprendre ma langue natale ?

– J'ai compris.

– Mais compris quoi ? s'irrite Elsa.

– J'ai compris que tu étais en train de vouloir séduire notre ami.

– Quel nigaud tu fais ! Notre ami, comme tu dis, n'a que faire d'une femme née en 1896. »

Mahé répond en russe qu'elle n'a pas le droit de le croire inaccessible à sa beauté. Disant cela, il sait qu'il se conforme au plan d'Aragon, alors qu'il avait décidé de s'en tenir à l'écart, mais cette volonté de domination qu'il a perçue chez elle lui en a donné l'envie.

« Santé ! » s'exclame Elsa en vidant à demi son verre de vodka.

Les deux hommes l'imitent.

Elsa est dans la cuisine. Elle est partie chercher le rôti. On l'entend qui dit :

« Louis, il faut faire un article sur Charles Aznavour dans *Les Lettres*.

– Charles qui ?

– Aznavour ! Enfin, Louis, ce jeune chanteur arménien dont je te parle depuis l'été. »

Elle réapparaît en tenant un plat de viande qu'elle a accommodée à la mode moscovite, avec en garniture des malossols, ces gros cornichons dont elle est folle, et diverses confitures d'airelles et de canneberges.

« D'ailleurs, Aznavour a écrit une chanson en l'honneur de notre ami. »

Mahé a le bon goût de ne pas réagir.

« M'autoriseriez-vous, messieurs, à vous en chanter quelques paroles ? »

Mais sans attendre, Elsa fait entendre sa voix, un assez joli soprano léger :

« Plus bleu que le bleu de tes yeux/Je ne vois rien de mieux/Même le bleu des cieux. »

Les messieurs l'applaudissent.

« Dites-nous, Mahé, où rêvez-vous de mourir ?

– Allons, Elsa, quelle question ! fait mine de s'étonner Aragon.

– Eh bien, je n'ai jamais eu l'opportunité de visiter Milan… ou Rome, en bref, je ne connais pas l'Italie, mais c'est pourtant là que je voudrais vivre mes derniers jours. »

La grimace d'Aragon le surprend. De la part d'un stendhalien, tout de même !

La suite lui en fait comprendre la raison.

« Mon Dieu, l'Italie, quelle horreur, s'indigne Elsa. Ce ne sont que vantards et menteurs.

– Sans doute suis-je l'un et l'autre, grince Mahé prêt à exploser.

– Je ne vous crois pas.

– Elsa, tu as raison, ne le crois pas. Mahé est un authentique provocateur comme j'ai pu le constater lors de cette session du comité central. Il blague sans arrêt. N'est-ce pas que tu blagues ?

– Menteurs et vantards me font horreur, dit alors Mahé d'une voix tranchante. Non, si j'avais à choisir où mourir, je m'en irai sur l'île de Sein. Je suis un Breton de l'Armorique... D'ailleurs, moi aussi, j'ai une question. D'où vient ce totem, si c'est bien un totem, qui est posé sur la cheminée ?

– C'est un totem, et il est originaire de la Nouvelle-Angleterre, répond Aragon. Une pièce que Breton aurait aimé avoir.

– Ah, non, Breton après l'Italie, vous voulez ma mort ? se récrie Elsa.

– Certainement, ma chérie, certainement. Tu me connais ! Je suis un bourreau. »

C'est tout de suite après cet échange, où le double sens a dominé, qu'Elsa va arracher un baiser à Mahé.

Un baiser qu'elle ne regrettait pas, dirait-elle à sa sœur Lili l'année suivante, laquelle essaierait, mais en vain, de mettre le grappin sur ce Français dont la langue se comparait à « un frisson de lumière, ma chère ».

« Qui reprend de ce délicieux Paris-Brest ? demande Aragon en revenant des toilettes.

– J'en suis au raisin et j'y reste, dit Mahé qui ajoute à l'intention d'Elsa : Mon petit doigt ou plutôt mon nez me dit qu'on ne fume pas ici, je ne me trompe pas ?

– Je préfère qu'on s'en abstienne... Pour mes yeux, minaude Elsa.

– Si le tabac te manque, sortons un instant dans la cour. Tu permets, Elsa ?

– Pourquoi réclames-tu ma permission ? T'ai-je jamais interdit quoi que ce soit ? Je vais en profiter pour terminer le paquet que je vous prierai, mon bel ami, d'apporter à Lili. »

Les voici dans la cour à bonne distance l'un de l'autre.

Dans l'escalier, en descendant, Aragon l'a mis en garde. « Soit Elsa nous épiera, soit ce seront les voisins. Il ne nous reste que les mots, mon chéri. » C'est déjà beaucoup, a dit Mahé qui maintenant ne sait plus quelle attitude adopter. Il a toujours autant envie de mordre dans les chairs de son amant, et en même temps cette comédie conjugale l'en a dégoûté.

« Tu ne m'aimes plus ?

– T'affirmer le contraire dans cette cour et après ce dîner, je ne le peux pas.

– Nous ne nous reverrons plus ?

– Même réponse...

– Je vais souffrir.

– Mais tu t'en remettras. Tu as tout, et je n'ai rien. Le perdant, c'est moi.

« – Tais-toi. Comment peux-tu penser que je me satisfasse d'être un gagnant ?

– C'est pourtant visible, Louis.

– Pas Louis, s'il te plaît.

– Désolé, *è finita la commedia*, tu es Louis et je suis Hervé, tu es Aragon et je suis Mahé. Rentrons. Elsa doit se demander ce que nous fabriquons.

– Elle te relancera, je te préviens.

– Nous verrons.

– Baise-la, donne-lui le plaisir dont je la prive.

– Remontons, Louis Aragon, remontons. Elsa attend son petit télégraphiste.

– Son petit quoi ? »

Samedi 6 septembre 1952

Benjamin Péret : Je ferai toujours confiance à une femme si je l'aime.

Aragon : Pour moi, le jour où je ne fais plus confiance à une femme, je ne l'aime plus. J'ai horreur de la simulation de la femme, que cependant idéalement je trouve légitime. Pour ce qui est de moi, je voudrais beaucoup pouvoir simuler dans ce domaine, mais j'en suis physiquement incapable.

(« Recherches sur la sexualité,
soirée du 31 janvier 1928 »,
La Révolution surréaliste, n° 11)

1

Pour décevante qu'elle ait pu leur paraître sur le moment, l'aventure ne peut pas se terminer ainsi.
Le surréaliste a de l'imagination et du ressort.
Deux qualités que le Franc-Tireur et Partisan partage mais dans un ordre différent.

2

Au bar de l'aéroport du Bourget où Mahé attend l'annonce de l'embarquement pour Moscou, il se trouve être le seul Français. Avec le barman, bien entendu, qui est en train de lui donner sa version du crime de Lurs.

Mahé l'écoute distraitement.

Il a autre chose en tête que l'assassinat d'une famille d'Anglais par d'horribles taiseux.

La veille au soir, quand il a découvert ce qu'Aragon lui avait fait porter à son hôtel, le manuscrit d'*Éloge du Formica*, son désir, qu'il croyait éteint, lui a valu de passer une nuit blanche, assailli qu'il a été par le remords autant que par la rage de ne pouvoir courir forcer la porte du 18 de la rue de La Sourdière. Et maintenant que s'approche l'heure de son décollage, son avion est déjà sur la piste, Mahé ne sait toujours pas quoi faire sinon qu'il lui est impossible d'annuler son billet puisqu'il a averti Korotkhov de son retour.

« Monsieur Hervé Mahé, passager du vol Paris-Moscou, est invité à se rendre de toute urgence au comptoir de vente de l'Aeroflot. »

Malgré les grésillements des haut-parleurs, qui les rendent à peine audibles, Mahé a compris le message.

Ce n'est pas rare avec Aeroflot, les Russes sont si tatillons même quand on bénéficie, comme agent du Kominform, de passe-droits de toutes sortes.

Mais pourquoi le réclame-t-on au comptoir de vente, il a son billet, et pas au comptoir d'enregistrement ? se demande-t-il en se rendant dans le hall d'entrée.

Serait-ce pour lui annoncer une mauvaise nouvelle ?

Une mort ?

Mais de qui ?

De Tillon, victime d'un chasseur tirant mal mais pensant bien ?…

Arrête, Mahé. On ne plaisante pas avec tout, regarde plutôt qui vient vers toi.

Tillon, de son côté, se fout de Mahé. Il a autre chose à penser. Il est à Montjustin, le piton sur lequel vivaient autrefois pas loin de deux cents personnes et où il en reste huit en 1952. C'est un paysage de ruines, mais un paysage de soleil et de garrigue. Un paysage de grandes vacances.

Sur la place du village, Tillon et Raymonde sortent de visiter ce qu'il reste de l'ancien Cercle républicain. Tout, ou presque, est à rebâtir. On s'y mettra, y travaillerait-on toute une année.

La vue sur le Luberon vaut bien cela.

C'est précisément à ce moment-là qu'une 4 CV pilotée par Julia fait son entrée.

La Canadienne n'est pas seule, deux hommes l'accompagnent. Ce qui explique pourquoi Simonnot, le garde du corps, surgit à côté de Tillon. Lui vivant, l'ennemi ne passera pas. Julia éclate de rire : « Ce sont mes techniciens image et son, rassurez-vous, l'ami. »

« Tu ne supposais tout de même pas, dit Aragon, que j'allais te laisser partir comme ça ?

– Je ne supposais rien mais je n'étais obsédé que par une idée : être n'importe où avec toi... Qui t'a conduit jusqu'ici ?

– Les taxis, ça existe, mon chéri.

– Et c'est toi qui leur as dicté ce surprenant "de toute urgence" ? dit Mahé en désignant les hôtesses derrière le comptoir d'Aeroflot.

– Je suis un *tovaritch* important, très important. Même ces dindes le savent. Simplement ni tendresses ni caresses, nous sommes sous contrôle.

– Je connais un endroit qui ne l'est pas... mais, pour bien faire, il faudrait y aller séparément.

– Hors de question... Malgré mon envie de te toucher, de te sentir contre moi, un tel endroit ne peut être le cadre de ce qui risque d'être notre grande scène des adieux.

– Tu n'es venu que pour me dire adieu ?

– Je suis venu pour te voir. Hier soir, après ton départ, Elsa m'a posé mille questions à ton sujet, si bien que, ce matin, j'ai eu l'impression que ton image s'effaçait, que tu devenais flou, certes il m'aurait suffi de regarder le cliché du Photomaton, mais...

– Mais tu aimes le flou.

– Pas toujours. »

Décidément, cet homme a le pouvoir de changer de visage en fonction des circonstances. Ce n'est plus Charlus, c'est Saint-Loup aujourd'hui.

En espion, il serait parfait.

Qui sait s'il ne l'est pas ?

Son secret est ton sang. Si tu le perces à jour, c'est toi qui mourras.

« J'ai lu ton texte, dit Mahé. Le texte que tu m'as offert. Quelle splendeur ! Ce sera désormais, sois-en certain, mon bien le plus cher... Avec *Le Con d'Irène*...

– Plus cher que notre photo ?

– Ça ne se compare pas.

– Plus cher que ton briquet ?

– Mon briquet !

– Le cadeau de ton grand-père, m'as-tu dit le premier soir... Mon œil !

– Qui donc es-tu ? Un émule de Maigret ?

– Va savoir. Toi, en tout cas, je te le jure, tu n'es que Tristan, mon Tristan, celui auquel je penserai au jour de ma mort.

– Ne dis pas n'importe quoi.

– Mais, quand même, pourquoi n'essaierait-on pas de se revoir les prochaines fois que tu repasseras par Paris ? Je pourrais aussi prendre un train pour Moscou. Je dirais que je viens voir Lili. Ou Cholokhov…

– Ce serait une erreur, et tu le sais. Nous sommes communistes et, dans ton cas, un communiste qui ne peut pas se permettre de rompre. Ne proteste pas, ça ne servirait à rien. Que tu le veuilles ou non, notre histoire n'est pas la même. Écoute, nous avons largement profité de l'inattention générale. Je ne regrette qu'une chose, c'est d'être si souvent resté sur mes gardes. Vois-tu, j'ai craint de t'emmener trop loin, de nous emmener trop loin. Il n'empêche que nous avons joué avec les obstacles, avec les mensonges, avec les pièges, il n'empêche que nous avons dansé sur les flammes et que cela, c'est inoubliable.

– Viens, allons là où tu voulais qu'on aille. J'ai besoin de toi. Un grand besoin.

– En es-tu sûr ?

– Veux-tu que je m'agenouille devant toi ? »

Dimanche 28 juin 1981

Breton : Je ne saurais supporter la présence d'aucun tiers.

Aragon : L'amour se fait à deux, dans toute espèce de solitude. Ce peut être dans une foule, mais dans une foule inconsciente.

(« Recherches sur la sexualité,
soirée du 31 janvier 1928 »,
La Révolution surréaliste, n° 11)

1

Sur le calendrier, c'est un dimanche d'été, le deuxième. Sauf qu'il fait aussi froid qu'à la fin de l'hiver. La météo prévoit un maximum de douze degrés pour Paris. Jour après jour, quand la pluie ne tombe pas à seaux, les nuages, qui ne lâchent pas prise, repeignent le ciel dans les gris charbonneux.

Lorsqu'il émerge du métro Vavin, Mahé s'empresse de reboutonner jusqu'en haut son imperméable. Il en a par-dessus la tête de ce temps pourri. Ça doit se voir, sinon pourquoi le vendeur du *Journal du Dimanche* posté au carrefour se mettrait-il à lui proposer son canard au cri de « Il pleut sur les Parigots ! Est-ce la faute aux socialos ?... Toutes les prévisions de la semaine en dernière page » ? Amusé, Mahé ne peut que mettre la main à la poche. En retour, il s'attire ce commentaire du vendeur : « Vous, vous avez la chance de vivre loin de ce foutu pays ! »

Il est vrai qu'avec son teint hâlé, Mahé détonne parmi les quelques promeneurs qui attendent le changement de feu pour traverser le boulevard du Montparnasse. Il y a encore huit jours, il était en Sicile, et il n'a quitté son village de pêcheurs que pour faire acte de présence à une réunion des anciens de la colonne Fabien, la première depuis presque trente ans.

Elle s'est tenue l'avant-veille, et Mahé s'y est ennuyé. Outre qu'il y manquait les meilleurs de ses camarades, pour la plupart décédés lui a-t-on appris, les survivants avaient l'air de vieux machins.

Autrefois insensible à son apparence, Mahé y accorde désormais beaucoup de temps et d'énergie. Et rien ne lui est plus agréable que de s'entendre dire qu'il ne fait pas son âge.

« C'est en somme ta manière de te croire toujours dans la partie, mon salaud ! » lui a susurré Julia dans les dernières minutes de la réunion quand, venue spécialement de Vancouver pour le voir, mais avec un énorme retard consécutif à une tempête de neige sur l'Ontario, elle s'est jetée à son cou.

Hélas, moins chanceuse que Mahé, Julia n'est plus aussi rose et papillonnante que dans son souvenir. En la dépouillant de sa gracile splendeur, la soixantaine l'a cruellement mordue. Elle s'est empâtée, et le roux de ses cheveux s'en est allé. Elle affecte d'y être indifférente, mais elle en souffre.

Il suffit de l'observer. Mahé, bien sûr, lui a certifié qu'elle était plus belle, plus jeune que jamais et, pour l'en convaincre, il lui a tout de suite proposé de passer avec elle, et jusqu'à plus d'heure, la journée de demain lundi. « Et pour que la fête soit complète, je veux et j'exige (Julia a souri, au moins a-t-elle sauvé son éblouissant sourire) que tu me laisses le soin d'en choisir les différentes étapes. »

Ça lui avait paru un bon plan sur le papier, mais dans la réalité il a dû se rendre à l'évidence, Paris n'est plus sa ville. Aucune de ses anciennes adresses n'a résisté à l'usure du temps. Depuis le milieu de la matinée, il n'a fait que le constater, d'abord du côté des Halles qui ne ressemblent plus à grand-chose, puis à Saint-Germain-des-Prés gagné par la fringue mais où, malgré tout, il a pu déjeuner dans l'un des rares chinois à rester ouverts le dimanche.

Et s'il s'est rabattu sur Montparnasse, c'est bien parce que La Coupole, la brasserie qu'adorait Julia avant que les uniformes vert-de-gris lui en interdisent l'accès, ne peut avoir fermé ses portes.

2

Il vient de pousser la porte vitrée qui donne sur le bar et aussitôt il s'est immobilisé.

Il paraît incapable de faire un pas de plus.

Quel choc !

En plein dedans.

Pauvre Mahé ! Tu te croyais encore de force à défier le destin ? Tu ne l'es plus. Et c'est bien fait pour toi ! Te voici puni. Puni par ta faute.

Que ne t'es-tu rappelé que celui qui est né pour être pendu ne mourra pas noyé ?

Mahé s'était en effet promis en s'envolant pour Paris de tout faire pour ne pas se retrouver en présence d'Aragon. Ce qui était passé était mort, et ce qui était mort ne devait pas être revécu.

Or Aragon est là.

À dix mètres de lui.

Guère plus.

Les rides ont fait leur travail, mais c'est toujours l'homme qu'il a aimé. Il ne ressemble plus pour autant à la dernière photo qu'un quotidien de Palerme avait publiée de lui. Une photo qui remonte, si Mahé s'en souvient bien, à presque dix ans... Aragon paradait alors entre un Mitterrand constipé et un Marchais dubitatif et, avec ses longues mèches neigeuses, il avait l'air d'un farfadet se riant de la terre entière.

Il s'est fait couper les cheveux.
Il est mieux comme ça.

Cinq à six jeunes gens se tiennent en demi-cercle autour de lui. Conscients de leur beauté, ils sont tous habillés à la dernière mode. Mahé se demande s'ils badent le vieux maître ou si c'est le vieux maître qui se consume d'amour auprès d'eux. Selon son habitude, Aragon est assis de biais sur la banquette de manière à ne se laisser surprendre par personne. Aussi son œil, tel le pinceau lumineux d'un phare, vient-il s'accrocher au visage de Mahé. Quoique masquant sa surprise, mais pas suffisamment pour tromper un autre menteur-né, Aragon lance à sa cour d'une voix impérieuse : « Caltez, bleusaille. Le Commandeur me rend visite. »

Ça proteste, ça traîne des pieds, mais ça finit par s'exécuter. On connaît, on respecte les lubies du poète, et puis il est si généreux. La minute d'après, la place est vide.

« Allons, approche, Tristan, prends une chaise et parlons… Non, avant toute chose, permets-moi la question rituelle : comment va le camarade Staline ? »

Cette fois, Mahé rit aux éclats, et Aragon l'imite.

Mahé ne s'est pas assis sur une chaise, il a rejoint Aragon sur la banquette. Et depuis qu'ils se sont retrouvés, ils n'ont pas arrêté de se parler, sautant d'un sujet à l'autre sans le souci de se répondre, comme s'ils se livraient chacun à une introspection.

Par instants, pourtant, leurs paroles s'interpénètrent, se répondent :

« J'étais un loup blanc, il me tardait d'être le mouton noir. La disparition d'Elsa me l'a permis.

– Si j'osais, je dirais que tu as réussi ton transfert non sur du vivant mais sur du mort.

– Ose tout ce que tu veux, mon chéri.

– Laisse tomber les "mon chéri". L'amour est derrière nous, non ?

– Tu parles sans savoir, mais toi, raconte, qu'es-tu devenu ?

– Sur le plan politique ?

– On se fout de la politique. À nous deux, nous résumons toute la politique de ce siècle qui s'en va. Cela étant, je sais que tu as rompu avec le Parti, avec les Soviétiques, ces ordures, mais je n'ignore pas non plus que tu as failli mourir avec Allende… Que veux-tu, je te suivais de loin. Mais, j'insiste, qu'es-tu fondamentalement devenu ?

– Je suis père et bientôt grand-père.

– Hein, quoi ? Tu ne t'es tout de même pas marié !

– Non, mais au Chili j'ai adopté en 1960 un bambin de deux ans dont la famille, des camarades, avait disparu lors du tremblement de terre de Valdivia. Il a aujourd'hui vingt-trois ans et va avoir, à son tour, un gosse… Si c'est un mâle, il l'appellera Luis.

– Menteur.

– Effectivement, ce n'était pas le projet, mais ça le sera, promis, juré.

– Somme toute, tu es devenu un homme digne.

– Encore une fois, tu te trompes, je suis resté ce que j'ai été toute ma vie : un pédé.

– Qu'est-ce que j'entends ? On ne dit plus pédé, on dit gay.

– Je préfère dire pédé. Quand j'entends pédé, j'entends un défi, une arrogance, tandis que je n'entends rien de tel dans le mot "gay". »

Ils ont commandé du porto rouge, toujours le goût d'Aragon pour les vins douceâtres. Mahé avait suggéré l'americano. Cette fois, privilège de l'âge, il a été battu. Et il n'a pas regimbé.

On vient de leur servir un deuxième porto.

« Regarde. »

Mahé ouvre son portefeuille et en sort une photo d'identité pas trop abîmée, si ce n'est que l'un de ses coins, écorné, ne semble tenir que par miracle :

« Regarde, j'ai conservé mon passeport. »

Aragon s'empare de la photo en veillant à ne pas commettre l'irréparable. Il la regarde et ne dit mot.

« Je suppose que tu t'es débarrassé de la tienne, dit Mahé.

– Imbécile ! Moi non plus, elle ne m'a pas quitté. La preuve. »

Et Aragon imite Mahé et lui tend sa photo. Elle est en meilleur état.

On ne l'a pas dit jusqu'ici : ces photos les représentent sur le point de s'embrasser.

Simplement, sur la sienne, Aragon a écrit en tout petits caractères un mot que Mahé a du mal à déchiffrer.

« Tu n'arrives plus à me lire, hein ?

– Serait-ce "for… cément" ?

– Mais non, c'est " *forever* ".

– *Pour toujours* ? Tu me fais peur.

– Peur ? Allons donc… Quel âge as-tu aujourd'hui ? Un peu plus de cinquante ans ?

– Cinquante-sept ans.

– Comme moi quand nous nous sommes connus.

– Non, toi, à un mois près tu avais cinquante-cinq ans.

– Et à présent j'en ai quatre-vingt-quatre.

– Pas tout à fait, pas tout à fait, Gérard. »

Ils se taisent et baissent la tête. Sont-ils en train de refaire leurs comptes ? Peut-être que oui. Peut-être même qu'ils essaient de se revoir tels qu'ils ont pu être en ces jours de septembre 1952. Peut-être...

« C'est bien vrai que le temps dévore tout !

– Tout ? Vraiment tout ? ironise Mahé.

– Dis donc, toi qui en as tant vu, toi qui en as tant connu, que penses-tu du sacre de Mitterrand, le chevalier à la francisque ?

– Tu veux parler de sa visite au Panthéon ?

– Évidemment. On a tiré le plus grotesque, non ?

– Tu n'exagères pas ?

– Pas du tout. Sais-tu ce que ce monsieur a osé me dire un jour où nous faisions cause commune à un meeting porte de Versailles ?

– Non, mais je vais le savoir.

– Il m'a dit : "Cher ami, je ne pourrai jamais vous pardonner d'avoir écrit : 'Feu sur Léon Blum... Feu sur les ours savants de la social-démocratie'." Ah, voilà ce que c'est que d'aimer Chardonne et Jean de Tinan !

– Comment as-tu réagi ?

– J'ai ri, ri. Ri à en crever... D'ailleurs, un photographe a immortalisé la scène.

– Ah, c'est donc la photo que j'ai vue. Je comprends mieux.

– Me pardonneras-tu si je ferme les yeux et si je me repose quelques minutes sur ton épaule ? Je suis crevé, j'ai fait la noce toute la nuit.

– Ne te gêne pas, j'en serai attendri. »

Pendant qu'Aragon sommeille tout contre lui, Mahé sort de sa poche un carnet, puis un stylo, et écrit l'épitaphe qu'il souhaite voir figurer sur sa pierre tombale, épitaphe que vient de lui suggérer ce moment de paix.

Ce sera : « Je n'ai fait que passer./C'en valait la peine. »

Il range son carnet et finit son verre.

Tout d'un coup, Aragon se redresse et lui dit d'une voix forte :

« Apprends, mon chéri (Mahé grimace), que je me suis réconcilié avec Tillon, et que je n'ai d'ailleurs jamais rien écrit contre lui.

– Je l'ignorais mais j'en suis content. »

Mahé s'abstient en revanche de lui reprocher ses attaques contre Marty.

L'histoire a jugé. Inutile d'y revenir.

« As-tu lu mon dernier livre ?

– *Le Mentir-vrai* ?

– Oui.

– Je ne l'ai pas lu. Le titre m'en a détourné.

– Diable, pourquoi ?

– Parce que j'y ai vu une autojustification, et que tu n'en as nul besoin. Nous avons été ce que nous avons été. Nous voulions changer le monde, et nous avons échoué. Et surtout nous n'avons pas fait que le bien, nous avons commis des erreurs, nous nous sommes rendus coupables de saloperies et même de crimes, pour certains d'entre nous, mais nous avons regardé la mort en face quand il l'a fallu, et cela, vieux capitaine, cela vaut toutes les vérités… On reprend du porto ?

— Alors, juste un petit dernier pour la route. Pour la route finale, évidemment, car on ne se reverra plus, j'imagine.

— Va savoir. Il y a tout de même de fortes chances pour que l'enfer finisse par nous réunir. *Forever.*

— En enfer, j'y serai avant toi et…

— Tu m'as souvent dit, l'interrompt Mahé, que je devais écrire ta biographie. Tu plaisantais, je le sais. De toute façon, je n'en aurais rien fait. Je suis un passant, pas un historien. Reste que j'ai un titre et, s'il te plaît, je t'en fais cadeau.

— J'écoute.

— *Qui dira la souffrance d'Aragon ?*

— Ah, foutre, écris cette biographie, je ne plaisante plus, je n'ai d'ailleurs jamais plaisanté à ce sujet. Fais-le pour moi, s'il te plaît.

— Ne rêve pas… J'ai aussi un sous-titre.

— Vas-y.

— *Et qui dira notre souffrance ?* »

Ils se regardent. Ils se sourient. Vont-ils s'embrasser ? Tout dans leur attitude le laisse penser.

273

Déjà leurs mains s'étreignent quand une voix soudain se fait entendre :

« Messieurs, s'il vous plaît, vous pourriez me régler ? J'ai fini ma journée. »

C'est le garçon.

Mahé le paie, on paie toujours, et il dit : « Nous aussi, nous avons fini notre journée. »

Table

Les Irrégulières, *suivi de* Les Irréguliers, *Flammarion, 1999*

Ascendant Sagittaire, *Parenthèses, 2001*

Terroristen! (v.f.), *Parenthèses, 2002 (épuisé)*

Soudain l'amour, *Grasset, 2003*

Rimbaud et Saint-Just font du théâtre, *À Rebours, 2003*

Inflammables, *Wespieser, 2004*

Les Cannibales n'ont pas de cimetières, *Grasset, 2005*

Cité Champagne (Champ Libre I), *Grasset, 2006*

Montagne Sainte-Geneviève (Champ Libre II), *Grasset, 2008*

Fontenoy ne reviendra plus, *Stock, 2011, prix Renaudot de l'essai; Gallimard « Folio », 2013*

Appelle-moi Stendhal, *Stock, 2013*

*Cet ouvrage a été composé
par Maury à Malesherbes
et achevé d'imprimer en décembre 2014
par CPI Bussière
à Saint-Amand-Montrond (Cher)
pour le compte des Éditions Stock
31, rue de Fleurus, 75006 Paris*

Imprimé en France

Dépôt légal : janvier 2015
N° d'édition : 01 – N° d'impression : 2013278
54-51-9089/1